METALLA
MINERALIA
CONCHILIA
MARIANA
CONCHILIATA
VARIA
LAPIDES
LAPIDES
LAPIDES
FRUCTUS
SEMINA
LIGNA
CORTICES
SULPHURA
SALIA
TERRÆ
HERBÆ
RADICES

Charles Willson Peale,
Der Künstler in seinem Museum
(1822)

LAWRENCE WESCHLER

Mr. Wilsons Wunderkammer

Aus dem Amerikanischen
von Ulrich Enderwitz

CARL HANSER VERLAG

Die Originalausgabe erschien erstmals 1995
unter dem Titel *Mr. Wilson's Cabinet of Wonder*
bei Pantheon Books in New York.

1 2 3 4 5 02 01 00 99 98

ISBN 3-446-19295-6

Satz: Fotosatz Amann, Aichstetten
Druck und Bindung: Kösel, Kempten
Printed in Germany

Für Sara, mein eigenes lebendes Wunder

Nichts ist so wunderbar,
daß es nicht wahr sein könnte.
Michael Faraday

TEIL EINS

Das Einatmen der Spore

Megaloponera foetens *(kamerunische Stinkameise)*
mit wucherndem Auswuchs am Kopf

Im westlichen Zentralafrika, tief in den Regenwäldern Kameruns, lebt eine bodenbewohnende Ameise, bekannt unter der Bezeichnung *Megaloponera foetens* oder unter dem geläufigeren Namen Stinkameise. Diese große Ameise – sie gehört zu den wenigen Arten der Gattung, die einen für menschliche Ohren hörbaren Schrei ausstoßen können – betreibt ihre Futtersuche in den Laubschichten und im Unterholz des außerordentlich nahrungsreichen Urwaldbodens.

Während sie so am Boden herumwühlen, werden diese Ameisen gelegentlich durch das Einatmen der mikroskopisch kleinen Spore eines Pilzes der Gattung *Tomentella* infiziert; Millionen solcher Sporen regnen aus dem Blätterdach auf den Waldboden herab. Die eingeatmete Pilzspore setzt sich im winzigen Gehirn der Ameise fest und fängt sogleich an zu wachsen, wodurch sie bald schon absonderliche Verhaltensänderungen bei der Wirtsameise auslöst. Die arme Kreatur wirkt beunruhigt und verwirrt; es dauert nicht lange, da verläßt sie zum erstenmal den Waldboden und beginnt eine mühsame Klettertour, die sie an den Stielen von Rankenpflanzen und Farnen nach oben führt.

Durch den unentwegt wachsenden Pilz vorangetrieben, erreicht die Ameise schließlich eine offenbar vorgeschriebene Höhe, in der sie sich völlig erschöpft mit den Freßwerkzeugen in der Pflanze verbeißt und, auf den Fleck gebannt, ihren Tod erwartet. In bestimmten Teilen des Regenwaldes findet man recht häufig Ameisen, die auf diese Weise zugrunde gegangen sind.

Der Pilz aber lebt fort: er zehrt weiter das Gehirn der Ameise auf, arbeitet sich durch den Rest des Nervensystems und schließlich auch durch alles sonstige weiche Gewebe des Insekts. Nach ungefähr zwei Wochen entspringt dem Teil, der einmal der Kopf der Ameise war, ein dornenförmiges Gebilde. Wenn der Dorn zu einer Länge von etwa vier Zentimetern angewachsen ist, bekommt er eine hellorangefarbene Spitze, die mit Sporen prall gefüllt ist; diese regnen auf den Urwaldboden herab, um sich wiederum von anderen nichtsahnenden Ameisen einatmen zu lassen.

DER GROSSE ZEITGENÖSSISCHE AMERIKANISCHE NEUROPHYSIOLOGE Geoffrey Sonnabend atmete seine Spore,

Madalena Delani und Geoffrey Sonnabend vor den Iguaçufällen (1936)

wenn ich so sagen darf, in einer schlaflosen Nacht im Jahre 1936 ein, als er sich in einem kleinen Kurort in der Nähe der majestätischen Iguaçufälle im sogenannten mesopotamischen Gebiet an der Grenze zwischen Argentinien, Brasilien und Paraguay von schwerer körperlicher Erschöpfung und einer Art Nervenzusammenbruch erholte (zum Teil Folge des Scheiterns seiner früheren Untersuchungen über die Gedächtnisbahnen bei Karpfen). Am Abend hatte er ein Konzert der großen rumänisch-amerikanischen Sängerin Madalena Delani besucht, die Lieder der deutschen Romantik vortrug. Die Delani, damals eine der führenden Solistinnen auf internationalen Gastspielen, hatte wiederholt Lob von Fachleuten wie dem Musikkritiker der *New York Times*, Sidney Soledon, geerntet. Dieser äußerte die Vermutung, das unvergleichlich schwermütige Timbre ihrer Stimme – er nannte sie »durchtränkt von einem Gefühl der Verlorenheit« – sei möglicherweise darauf zurückzuführen, daß die Sängerin an einer Form des Korsakow-Syndroms litt und infolgedessen praktisch alle kurz- und mittelfristige Merkfähigkeit eingebüßt hatte, ihr musikalisches Gedächtnis ausgenommen.

Geoffrey verließ an diesem Abend zwar den Konzertsaal, ohne der Delani auch nur vorgestellt worden zu sein, aber der Liedervortrag hatte ihn elektrisiert, und in der folgenden schlaflosen Nacht entwarf er wie in einem Rausch das gesamte Modell der Überschneidung von Ebene und Kegel, das die Grundlage für seine radikale neue Gedächtnistheorie bilden sollte, die er während der nächsten zehn Jahre für sein dreibändiges Werk *Obliscence: Theories of Forgetting and the Problem of Matter* (Northwestern University Press, Chicago 1946) mit größter Sorgfalt ausarbeitete. In Sonnabends Augen war das Gedächtnis eine Illusion. Das Vergessen, nicht das Erinnern, war das zwangsläufige Ergebnis allen Erlebens. In der Einleitung zu seinem pompösen Meisterwerk erklärte er demgemäß: »Wir, die wir allesamt mit Amnesie geschlagen und dazu verurteilt sind, in einer ewig flüchtigen Gegenwart zu leben, sind Schöpfer der aufwendigsten menschlichen Konstruktion, nämlich des Gedächtnisses, das uns gegen das unerträgliche Bewußtsein von der Unwiderruflichkeit des Zeitflusses und von der Unwiederbringlichkeit zeitlicher Augenblicke und Ereignisse abschirmen soll« (S. 16). Diese Überzeugung führte er im folgenden weiter aus, indem er ein immer komplizierteres Modell entwickelte, bei dem ein sogenannter Kegel des Vergessens von Ebenen der Erfahrung durchschnitten wird, die ihn mit unterschiedlichen, aber genau bestimmbaren Neigungswinkeln zerteilen. Ihren größten Reiz entfaltete die Theorie vielleicht dort, wo sie so unheimliche, zwielichtige Phänomene wie Vorahnungen, Déjà-vu-Erlebnisse und Prophezeiungen aufgriff. Sobald aber die Ebene eines bestimmten Erlebnisses den Kegel passiert hatte, war das Erlebnis unwiederbringlich vergessen – und alles andere war Illusion. Als melancholische Pointe dieser Schlußfolgerung mag gelten, daß Sonnabend – und mit ihm sein Opus magnum, kaum daß es erschienen war – fast gänzlich dem Vergessen anheimfiel.

Die Sängerin Delani ist, ohne daß es Sonnabend je erfahren hätte, ironischerweise wenige Tage nach ihrem

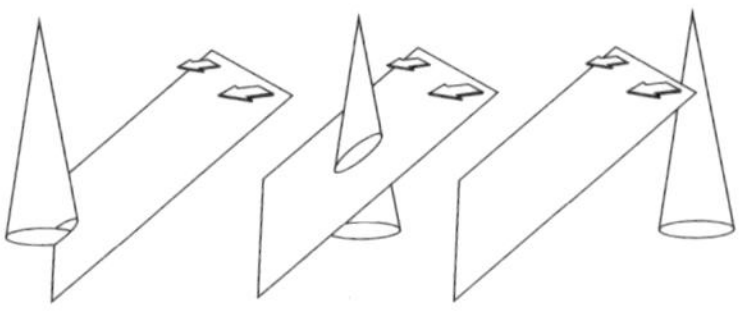

Ebene der Erfahrung, den Kegel des Vergessens durchschneidend

Vom deprong mori *durchbohrte Behausung der Dozo*

Konzert am Iguaçu bei einem absonderlichen Autounfall ums Leben gekommen.

Was Donald R. Griffith betrifft, den hochangesehenen Chiroptologen der Rockefeller University (und Verfasser von *Listening in the Dark: Echolocation in Bats and Men*), so ist anzunehmen, daß er, als er im Jahre 1952 den Feldforschungsbericht eines obskuren amerikanischen Ethnographen namens Bernard Maston aus dem ausgehenden 19. Jahrhundert las, etwas einatmete, was verdächtige Ähnlichkeit mit einer Spore aufwies. Maston berichtete, daß ihm, während er 1872 bei den Dozo auf dem Tripsicum-Plateau im Bereich der Karibikküste im nördlichen Südamerika Feldforschung betrieb, mehrfach vom *deprong mori,* dem Bohrteufel, erzählt wurde; seiner Beschreibung zufolge handelte es sich um »einen kleinen Dämon, der nach Überzeugung der dortigen Eingeborenen feste Körper durchdringen konnte«, zum Beispiel die Wände ihrer strohgedeckten Hütten und in einem Fall sogar den ausgestreckten Arm eines Kindes.

Als nun fast achtzig Jahre später Donald R. Griffith einige von Mastons Aufzeichnungen im Archiv durchsah, »witterte« er, wie er sich später erinnerte, aus irgendeinem Grunde gleich »eine Fledermaus«. Er und eine Schar von Assistenten unternahmen eine anstrengende achtmonatige

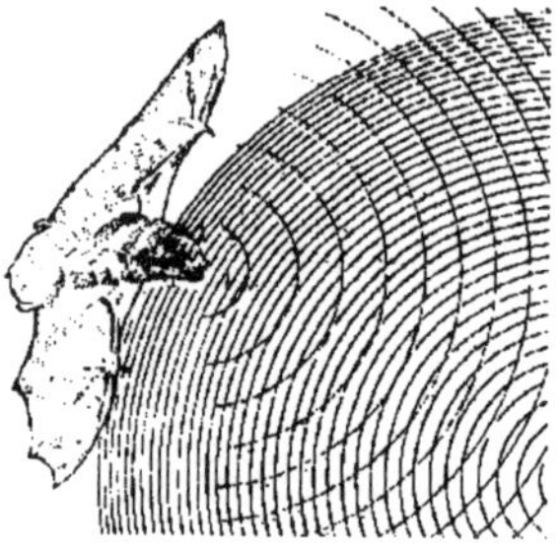

Echolotortung bei Fledermäusen

Expedition zum Tripsicum-Plateau; dort festigte sich bei Griffith die Überzeugung, daß er es nicht mit irgendeiner beliebigen Fledermaus, sondern tatsächlich mit einer ganz besonderen Spezies zu tun hatte: nämlich mit dem winzigen *Myotis lucifugus*, der zwar bereits bekannt, aber noch nicht im Detail untersucht worden war. Während die meisten Fledermäuse für die Echolotortung, die ihnen erlaubt, im Dunkeln zu fliegen, Frequenzen im Ultraschallbereich nutzen, hatte nach der Hypothese, die Griffith aufstellte, *Myotis lucifugus* eine hochspezialisierte Form des Echolots auf Basis der Wellenlängen von Ultraviolettstrahlen entwickelt, wobei es in manchen Fällen sogar zu Überschneidungen mit dem benachbarten Röntgenstrahlenbereich des Wellenspektrums kam. Außerdem hatten diese Fledermäuse kunstvolle Nasenaufsätze oder Hörner ausgebildet, mit deren Hilfe sie ihre Echowellen-Übertragun-

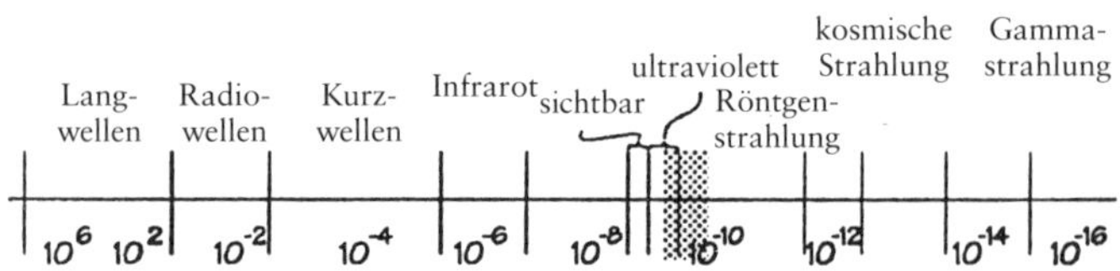

Elektromagnetisches Spektrum

Ausgeprägte Nasenaufsätze

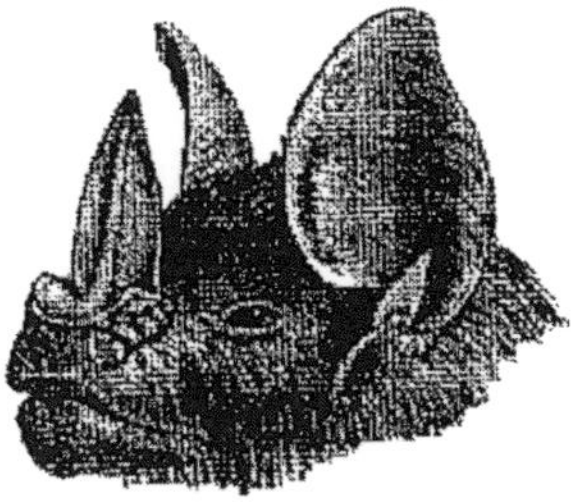

gen in einem konzentrierten Strahl bündeln konnten. Dies alles vermochte das breite Spektrum absonderlicher Phänomene zu erklären, die Mastons Informanten geschildert hatten.

Griffith und seinem Team fehlte nur noch der Beweis. Ein ums andere Mal schlüpften die kleinen Teufel umstandslos durch die Netze, in denen man sie schon gefangen glaubte. Griffith ersann also eine brillante Fangvorrichtung, bestehend aus fünf massiven Bleiwänden, die jeweils zwanzig Zentimeter dick, sieben Meter hoch und 650 Meter lang waren und auf dem Waldboden strahlenförmig aufgestellt wurden, so daß sie Speichen eines gigantischen Rades glichen. Das Team brachte entlang den

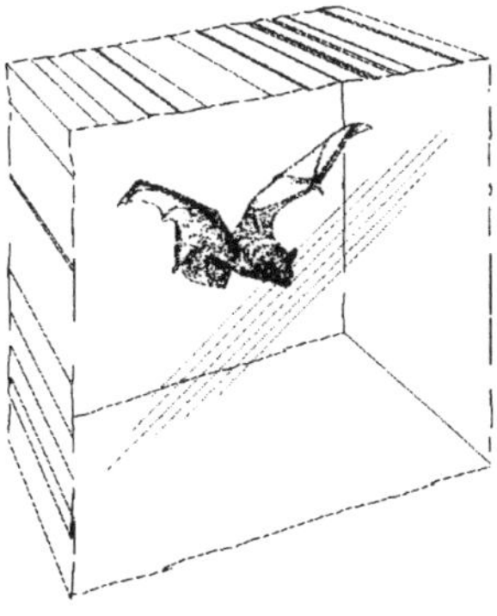

Myotis lucifugus,
»auf ewig eingeschlossen in einem massiven Bleiblock«

Wänden in einem komplizierten gitterförmigen Muster seismische Sensoren an und verlegte sich aufs Warten.

Zwei Monate lang registrierten die Monitore nicht das geringste – zweifellos machten die Fledermäuse einfach einen Bogen um die massiven und massiv deplazierten Bleiwände –, und Griffith verlor schon die Hoffnung, seine Hypothese jemals empirisch bestätigen zu können. Dann aber, frühmorgens am 18. August, um 4 Uhr 13, verzeichneten die Sensoren einen Einschlag. Auf die Wand Nummer 3 war vier Meter über dem Waldboden und 643 Meter von der Radnabe entfernt etwas mit einer Wucht von zehn mal drei erg aufgeprallt. Die Leute vom Team karrten einen Röntgenapparat zur betreffenden Stelle und konnten tatsächlich in einer Tiefe von achtzehn Zentimetern den ersten jemals von Menschenhand gefangenen *Myotis lucifugus* orten, »auf ewig eingeschlossen in einem massiven Bleiblock«.

Megaloponera foetens, Myotis lucifugus, Geoffrey Sonnabend und Madalena Delani, die Dozo und die *deprong mori*, Bernard Maston und Donald R. Griffith – diese und zahllose andere Sporen regnen unablässig herab auf ein kleines, unscheinbares, hinter einer Ladenfront verstecktes Unternehmen, das an der Hauptgeschäftsstraße von Culver City inmitten der uferlos wuchernden pseudostädtischen Wohngebiete von West-Los-Angeles liegt: das Museum für Jurassische Technik, wie ein verblichenes blaues Transparent an der Vorderfront verkündet.

Auf der einen Seite grenzen ein Teppichgeschäft und ein (augenscheinlich schon lange aufgegebenes) Maklerbüro an das Museum, auf der anderen Seite ein gerichtsmedizinisches Laboratorium und ein thailändisches Restaurant (in der erstgenannten Richtung schließen sich dann in einigem Abstand eine Druckerstation für PIP-Datenaustausch, ein Markt für indische Süßigkeiten und Gewürze

Der Häuserblock 9300 des Venice Boulevard, Culver City, Kalifornien; in der Mitte das Museum für Jurassische Technik

und ein Hare-Krischna-Tempel an, während in der anderen Richtung nacheinander Manuels Karosseriewerkstatt, ein Burger-Straßenverkauf und ein florierender Videoverleih folgen). In dieser Umgebung präsentiert sich das Museum mit einer derart anonym wirkenden Fassade, daß man ohne weiteres achtlos daran vorbeimarschieren kann. Und das wäre normalerweise auch kein Schaden, da es meistens sowieso geschlossen ist.

Aber falls man zufällig vom ihm gehört hat, wie es mir vor einigen Jahren bei einem meiner gelegentlichen Besuche in L. A. widerfuhr (am beschriebenen Ort befindet es sich mittlerweile seit etwas mehr als sieben Jahren), und es gezielt aufsucht, oder falls man sich an der Bushaltestelle unmittelbar vor seinen Toren just zu einer Zeit die Beine in den Bauch steht, wo es geöffnet ist (am Donnerstagabend, am Samstag und am Sonntag von zwölf Uhr mittags bis sechs Uhr abends) – und auf Busse wartet man in L. A. zu *allen* Zeiten eine Ewigkeit –, nun, dann packt einen vielleicht die Neugier, und man ertappt sich dabei, wie man an die Tür herantritt und versuchsweise auf den Klingelknopf drückt. Während man auf eine Reaktion wartet, betrachtet man vielleicht das merkwürdige kleine Diorama, das auf der einen Seite des Eingangs in die Wand eingelassen ist (eine winzige weiße Urne, die von perlengleich schimmernden Nachtfaltern umschwebt wird), oder ein ebenso verblüffendes Diorama auf der entgegengesetzten Seite des Eingangs (drei Flaschen mit Chemikalien, die seltsam liebevoll gruppiert sind und ihrer Beschriftung nach Titanoxyd, Eisenoxyd und Tonerde enthalten); oder aber der Blick schweift, während man immer noch wartet, zu einem Transparent, das sich über dem Eingang wellt (darauf ist die Skulptur eines merkwürdig unbestimmten archaischen Kopfes – halb minoisch, halb Osterinsel – abgebildet, und darüber befinden sich die Buchstaben A, E und N, jeweils gekrönt von einem Längenstrich) ...

Irgendwann geht die Tür dann doch auf, und meist ist es David Hildebrand Wilson höchstpersönlich, der Begründer und Direktor des Museums, ein kleiner bescheidener Mann, Mitte Vierzig vielleicht, der den Besucher mit zuvorkommendem Lächeln (als habe er auf ihn gewartet) empfängt und freudig auffordert einzutreten.

Drinnen ist es dunkel. Während sich die Augen an das Schummerlicht gewöhnen, nimmt man einen Schreibtisch aus Holz wahr und darauf ein kleines Schild, das zu einer Eintrittsspende von 2,50 Dollar anregt; Wilson versichert allerdings sogleich, daß es sich um ein Kiezmuseum handele, zu dem alle aus der Nachbarschaft freien Zutritt hätten, und daß für ihn, nebenbei bemerkt, die Bank an der Bushaltestelle fester Bestandteil des Kiezes sei. Er überläßt es dem Besucher, daraus die Konsequenzen zu ziehen, wie er überhaupt alles dem Besucher überläßt. Er ist auf seinen Platz hinter dem Schreibtisch und zu seiner Lektüre zurückgekehrt (das letztemal, als ich dort war, bestand diese Lektüre aus zwei verstaubten, antiquierten Büchern, von denen das eine *Mental Hospitals*, das andere *The Elements of Folk Psychology* betitelt war). Der Vorraum präsentiert sich gewissermaßen als halbherzige Imitation eines Geschenkartikelladens, aber da einen die Neugier bereits zum eigentlichen Museum zieht, wird man sich hier wohl nicht lange aufhalten.

Und im Museum begegnet man nun in einem Labyrinth versteckter Nischen den in akribischen Arrangements ausgestellten Objekten – der Ameise, der Fledermaus, den Wasserfällen, der Diva, dem Schlaflosen ... Ein Diorama im üblichen Stil naturkundlicher Museen zeigt zum Beispiel ein konserviertes Exemplar der Stinkameise, das sich mit den Freßwerkzeugen in den Stiel eines Plastikfarns verbissen hat. Und sogar einen dünnen Dorn sieht man aus dem Kopf hervorbrechen. Neben der Vitrine befindet sich ein Telefonhörer; hebt man ihn ab, bekommt man die Geschichte von *Megaloponera foetens* erzählt, im großen und ganzen so, wie ich sie zu Beginn meiner Schilderung wiedergegeben habe.

Ein ganzer Flügel des Museums beherbergt die sogenannten Sonnabend-Delani-Räume, in denen man unter anderem auf ein erstaunlich gut gelungenes Diorama von den Iguaçufällen im Aquariumformat stößt, einschließlich rauschenden Wassers, das von einer Umwälzpumpe in Bewegung gehalten wird. Wie sich herausstellt, beziehungsweise wie man aus dem daneben befindlichen Telefonhörer erfährt, waren die Wasserfälle von zweifacher Bedeutung für Sonnabends Leben, denn fünfzig Jahre vor seinem eigenen Aufenthalt an diesem Ort hatten sich seine Eltern hier kennengelernt. Sein Vater Wilhelm, ein junger deutscher Bauingenieur, hatte versucht, die Wasserfälle mit einer gewaltigen Hängebrücke zu überspannen; das Projekt scheiterte indes: einen Tag vor seiner Vollendung stürzte der Traum des Ingenieurs zusammen und versank in der Tiefe. An den beiden Schmalseiten des Dioramas kann man sehen, wohin Wilhelms Brücke geführt hätte: von vorn, durch ein Okular, erblickt man die Brücke selbst, wie sie in himmlischer Ruhe über dem Katarakt schwebt. Das Ganze wirkt so echt, daß man noch einmal an den Seiten nachschaut – man traut seinen Augen nicht –, aber da ist nichts als der Wasserfall.

Sonnabends Schreibtisch und Arbeitszimmer blieben erhalten und wurden haargenau wieder aufgebaut. Es gibt eine Fotowand, auf der sein Leben und das seiner Eltern in allen Einzelheiten dokumentiert ist, und ein dokumentarisches Einschiebsel, wenn ich so sagen darf, das dem Lebenslauf eines gewissen Charles Gunther gewidmet ist, eines exzentrischen millionenschweren Chicagoer Konditors, der zufällig zum Zeitpunkt von Wilhelms Debakel am Iguaçu zu Besuch weilte und in den folgenden Jahren den jungen Ingenieur protegierte; er nahm ihn mit zurück nach Chicago und verschaffte ihm eine Stellung als Leiter des Wiederaufbaus des Chicagoer Brückensystems nach dem großen Brand, der 1871 die Stadt weitgehend zerstört hatte. Auch Gunther selbst war offenbar ein Original, ein eingefleischter Sammler von historischen Merkwürdigkeiten und Kuriositäten der Natur: er hatte gar ein ganzes Konföderierten-Gefängnis – das Libby in Richmond, Virginia – Stein für Stein auseinandernehmen und in Chicago wieder aufbauen lassen, um darin seine sagenhaften Schätze aufzubewahren, wozu die Tische zählten, auf denen die Unabhängigkeitserklärung und die Kapitulation von Appomattox unterzeichnet worden waren, ebenso ein Streifen getrockneter Haut, Resultat einer Häutung der Schlange, die einst Eva im Garten Eden verführte – alles bestens belegt und mit den nötigen Echtheitszertifikaten versehen; eine reiche Fundgrube, die nach Gunthers Tod zum Grundstock der Chicagoer Historischen Gesellschaft wurde, mit deren Erlaubnis vieles bis zum heutigen Tage besichtigt werden kann. Das jedenfalls erfährt man aus der Reihe von Telefonhörern, die einen im Museum durch die Geschichte geleiten.

Man kann sich auf eine Bank setzen, nach einem anderen Hörer greifen und sich die Theorie Sonnabends erläutern lassen, illustriert von einer Folge unvergeßlicher, nacheinander aufleuchtender Dioramen, die sich vielfältig überschneidende (und zunehmend komplizierter ange-

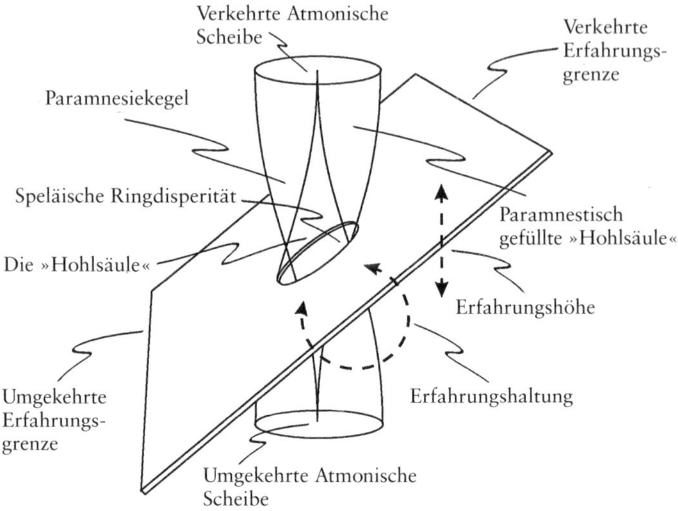

Das Sonnabendsche Modell des Vergessens

ordnete) Kegel und Ebenen zeigen, einschließlich einer Darstellung von technischen Finessen wie den verkehrten und umgekehrten Erfahrungsgrenzen, der Speläischen Ringdisparität, den Hohlräumen und – vielleicht die größte Herausforderung! – dem Paramnesiekegel. (Die Stimme im Hörer, dieselbe Stimme wie in den übrigen Hörern, gleicht, wie der Besucher vielleicht registriert, den einschmeichelnden, leicht salbungsvollen Stimmen der vielen Diaschauen in Museen, der akustisch begleiteten Lehrpfade oder der Naturkunde-Kassetten, die er im Lauf des Lebens über sich hat ergehen lassen: es ist die beruhigend ausgeglichene Stimme unerschütterlicher institutioneller Autorität.)

Seitlich gegenüber ist ein dunkler Raum ausschließlich Madalena Delani gewidmet. Beim Eintreten löst man eine aufwendige Son-et-lumière-Darbietung aus; entlang den

Wänden steigen in zeitlicher Abstimmung mit dem Fortgang der Geschichte von hinten angestrahlte Dias empor und verlöschen wieder. In der Mitte des Raums werden auf einem Vitrinentisch Geschmeide, eine Federboa, Partituren und andere Erinnerungsstücke präsentiert; aus dem Hintergrund überwacht eine kopflose Modepuppe, die eine der letzten Toiletten der Diva trägt, die Séance. Beim Verlassen dieses Trakts fällt dem Besucher vielleicht ein angrenzendes Exponat auf, das an die gegenläufigen Gedächtnistheorien eines französischen Romanciers der Jahrhundertwende namens Marcel Proust erinnert: die Vitrine enthält eine Platte mit Madeleines, von denen eine einzige angebissen ist (»Madeleines, Madeleines«, skandiert man vielleicht im stillen, »Madalena Delani ...«).

Wenn man um die Ecke biegt, stößt man auf eine weitere Bank, einen weiteren Telefonhörer und eine weitere wohldurchdachte Darbietung, die in diesem Fall den abstrus verflochtenen Lebensläufen von Maston und Griffith gewidmet ist. Auch hier wieder eine Abfolge aufleuchtender und verlöschender Punktscheinwerfer, die den Weg durch die Geschichte weisen; diese umfaßt eine ausführliche Darlegung der Art und Weise, wie bei Fledermäusen die Echolotortung funktioniert – an Schaubildern und Diagrammen fehlt es dabei nicht –, und gipfelt im Anblick einer massiven Scheibe aus der Bleiwand, die nach kurzer Zeit wie von selbst aufleuchtet, so daß man tatsächlich in ihrem Innern die mitten im Flug arretierte eingeschlossene Fledermaus sieht.

Während man so auf seinem Erkundungsgang im Museum umherwandert, ist man unter Umständen der einzige Mensch weit und breit, abgesehen von Wilson, der selber etwas von einem Bohrteufel an sich hat. In die Betrachtung der einzelnen Exponate vertieft, bemerkt man kaum, wie er leise hin und her tappt. Eben noch ist er an seinem Schreibtisch, und schon ist er verschwunden, der Himmel weiß, wohin – vielleicht in einen Arbeitsraum, der hinter dem Museum versteckt liegt; ein paar Augenblicke später sitzt er wieder lesend am Schreibtisch, als wäre er nie weg gewesen. Man stöbert weiter – es gibt stets noch ein gutes Dutzend anderer Exponate zu besichtigen –, und plötzlich wird man sich der Bachschen Klänge be-

wußt, die wie aus anderen Sphären ans Ohr dringen, gespielt auf ... auf ... Kann das ein Akkordeon sein? Der Schreibtischstuhl ist leer, die Eingangstür angelehnt: Wilson steht auf dem Trottoir und bringt vergnügt und munter dem Straßenverkehr ein Ständchen dar.

Man überläßt ihn seinem Tun und setzt seine Erkundungen fort. Abhängig davon, was zum Zeitpunkt des Besuchs gerade gesondert ausgestellt wird, kann es zum Beispiel sein, daß man dem leuchtendweißen Skelett einer Nagerart begegnet, das unter einer Glasglocke elegant auf Plüschsamt ruht. (»EUROPÄISCHER MAULWURF – *Talpa europae*«, erläutert der Text an der Wand. »Ist in allen europäischen Ländern südlich des 59. Grads nördlicher Breite anzutreffen, außer in Irland. Seine Größe schwankt zwischen der von Hausmäusen und von kleinen Hausratten. Die Augen sind winzig und degeneriert, die Lider völlig von der Haut überdeckt ...« Und so weiter bis zu der Schlußbemerkung: »Eine Reihe von Säugetieren und Raubvögeln, die sich von seinem Moschusgeruch nicht abschrecken lassen, stellen dem Maulwurf nach.«) In einer anderen Vitrine kann man »Die Rose-Sammlung von heute ausgestorbenen französischen Nachtfaltern aus dem 19. Jahrhundert« betrachten. (»Das ist keine ganz zutreffende Beschreibung«, klärte mich Wilson voll Eifer auf, als ich das erstemal in diesen Schaukasten sah. Zufällig kam er gerade lautlos vorbei. »Die meisten dieser Nachtfalter hier sind tatsächlich französisch, aber ein paar sind eigentlich flämisch – auch wenn sich das bei einigen nur schwer entscheiden läßt.«)

Ein Scheinwerfer strahlt auf eine ansonsten dunkle Wand herab und beleuchtet eine komplizierte und fast nicht zu entziffernde Landkarte. Der Begleittext daneben trägt die Überschrift: »Belagerung und Schlacht von Pavia, Abb. 74, Katalognr. 263«, um dann in sinnverwirrenden Einzelheiten widersprüchliche Schätzungen etlicher längst verblichener Chronisten zu erörtern, von denen allem Anschein nach keiner je dort war – wo immer *dort* sein oder gewesen sein mag (diese Nebensächlichkeit bleibt aus irgendeinem Grund von der Erörterung ausgeschlossen).

»Wir sehen die subtilsten Kräfte den ausgefallensten Ansinnen des menschlichen Geistes nachkommen«, ver-

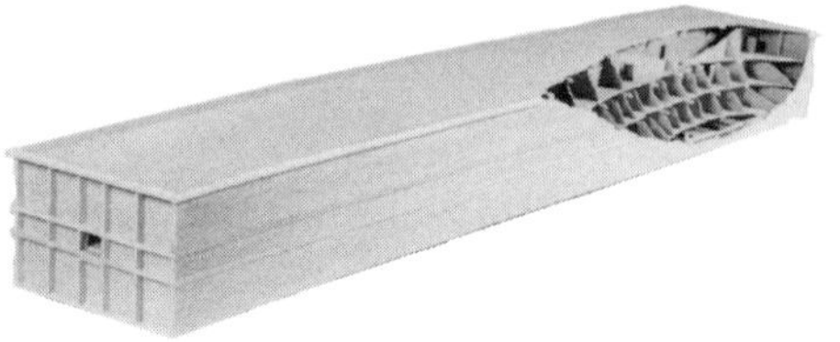

Die Arche (Maßstab 1 Zoll : 12,5 Ellen)

kündet ein anderer Text an der Wand – ohne erkennbaren sonstigen Bezug – und führt als Quelle einfach nur »Buckle (3) : 03« an. In der nächsten Vitrine entdeckt man ein mit größter Sorgfalt gearbeitetes maßstabgetreues Modell der Arche Noah: mit einem Ausschnitt, der Einblick in die Ställe unter Deck gewährt. »1 Zoll = 12,5 Ellen«, heißt es im Begleittext. Das Modell, auf zwei leise pulsierenden Kolben montiert, dümpelt vor sich hin.

An einer Wand in der Nähe (übrigens unmittelbar neben der Vitrine mit der dornentragenden Ameise) kann man eine Reihe von Hörnern und Geweihen betrachten, die dem entsprechen, was man in Naturkundemuseen antrifft, mit Ausnahme des kleinsten Stücks der Sammlung, eines einzelnen haarigen Auswuchses. (Der Begleittext führt als direktes Zitat das Zeugnis eines »frühen Besuchers im *Musaeum Tradescantianum*, The Ark« an, der erklärt: »Man zeigte uns ein außerordentlich merkwürdiges

Die Geweih-Wand im MJT

Das Horn von Mary Davis aus Saughall

Horn, das auf der Rückseite eines Frauenkopfes gewachsen war... Es stellt so etwas wie eine Kuriosität dar, [denn] offenbar tragen Mannsleute ihre Hörner vorn und solcherart Frauen ihre hinten. Auf einem Schild war vermerkt, daß es von einer Mary Davis aus Saughall in Cheshire stammt, Lebensalter 71, Anno Domini 1688. In den *Transactiones Angl.* oder in der *Hist. nat.* von Cheshire wird es ohne Zweifel erwähnt. Das Horn war schwärzlich, nicht sehr dick oder hart, aber wohlgeformt.« Die Beschreibung trifft auch auf dieses Exemplar zu.)

Bei einem anderen Exponat mit der Aufschrift: »Mimikry im Hörbereich, die Schutzfunktion erfüllt« kann man durch Drücken zweier Knöpfe die Geräusche, die bestimmte kleine schillernde Käfer von sich geben, wenn sie sich bedroht fühlen, mit denen vergleichen, die bestimmte Kiesel ähnlicher Größe und Färbung erzeugen, »wenn sie sich im Ruhezustand befinden«. Eine weitere Vitrine enthält der Beschriftung zufolge ein »mit Zink ausgeschlagenes Kästchen aus schwarzem Onyx, das zur Aufbewahrung der Herzen von geopferten Menschen verwendet wurde. Aus noch unbekannten Gründen erscheinen die Rückstände von Opferblut phosphoreszierend, wenn man sie durch ein polarisierendes Medium wie das an der Vorderseite der Vitrine befindliche betrachtet.« An der Vorderseite der Vitrine schwebt ein gewichtiges optisches Gerät, erwartungsvoll auf die leere Auslage fixiert. »Ausstellungsstück vorübergehend zu Forschungszwecken entfernt«, vermerkt ein Schildchen entschuldigend.

Eine Nische von der Größe einer Kammer beherbergt eine Sonderschau unter der Überschrift: »Vielleicht wird nie mehr jemand das wissen: Briefe an das Observatorium auf Mount Wilson, 1915–1935«. Hier sieht man zweiundzwanzig handgeschriebene Botschaften, liebevoll gerahmt und angeordnet, die angeblich aus einer Akte mit dreiundvierzig ähnlichen Sendschreiben stammen; ihre Empfänger waren die Astronomen des in den Bergen oberhalb der kalifornischen Stadt Pasadena gelegenen berühmten Observatoriums. Einem allgemeinen Einführungstext zur Ausstellung kann man entnehmen, daß »die ersten Briefe dieser Art bereits 1911 im Observatorium eintrafen [die Einrichtung wurde 1905 gegründet] und daß auch heute noch Briefe eintreffen«. Die Astronomen hefteten sie pflichtgemäß ab. »Die Informationen, die diese Art von Briefen enthielten«, heißt es im Text weiter, »betrafen in den meisten Fällen astronomische oder kosmologische Phänomene. Die betreffenden Personen hatten die Einsichten, die sie weiterleiten wollten, durch Experiment, Beobachtung oder Eingebung gewonnen und spürten durchweg das dringende Bedürfnis, ihre Beobachtungen den Beobachtern auf Mount Wilson zur Kenntnis zu bringen.«

Das traf ganz sicher auf eine gewisse Mrs. Alice May Williams aus dem neuseeländischen Auckland zu, deren Brief der Ausstellung ihren Titel gab: »Ich bin nicht hinter Geld her, & ich bin keine Schwindlerin«, versichert sie den Astronomen, um dann zu erklären:

Ich glaube, ich weiß etwas, wovon Sie, meine Herren, Kenntnis haben sollten. Wenn ich sterbe, stirbt mein Wissen vielleicht mit mir, & vielleicht wird nie mehr jemand das wissen. Denn wenn die Leute Wind davon bekommen, werden sie gewalttätig, dann gehen sie hin und räumen sich selbst aus dem Weg. Ich habe Entsetzliches erlebt und erlebe es immer noch, & ich fange an zu wissen.

Auf diesen Brief folgen mehrere andere, in denen Mrs. Williams darlegt, was alles sie über Lebewesen auf anderen Planeten, ihre Flugmaschinen, ihre Absichten und Fähigkeiten herausgefunden hat (»Ich glaube, daß die Menschen in der anderen Welt Ferngläser haben, mit denen sie uns sehen können. Sie können uns zu sich heranziehen«). Und indem sie das tut, gesellt sie sich – was die anderen vergilbenden Schreiben in der Ausstellung bestätigen – einer ganzen Weltgemeinschaft von ähnlich heimgesuchten Visionären bei.

May Wiltse aus Venice in Kalifornien zum Beispiel schreibt an den Begründer des Observatoriums, Dr. George Hale: »Im Jahre 1916 ging ich nach Washington, D.C., und verwandelte für die Regierung der Vereinigten Staaten Silber in Gold; die Protokolle, die darüber angefertigt wurden, liegen mir vor. Aber aus mir unerklärlichen Gründen WURDE DIE SACHE VERTUSCHT.« Ein paar Seiten später zitiert sie dann aus dem Brief eines anderen Naturforschers, dem sie offenbar längere Zeit nachgestellt und schließlich eine Antwort abgerungen hatte. In dem Brief erklärt der Betreffende: »Ich freue mich, daß Sie schon vor langer Zeit ALL die wundersamen Dinge entdeckt haben, die von den modernen Naturwissenschaften täglich entdeckt werden.« Sie betont noch einmal die Wendung – »›ALL die Geheimnisse der Natur‹, nicht eins, SONDERN ALLE« – und läßt in aller Bescheidenheit die

Zuschreibung gelten. Bobbie Merlino aus Atlantic City, New Jersey, stellt in einem kurzen Schreiben vom 4. Dezember 1932 seine (ihre?) Person für einen eventuellen Flug zum Mars zur Verfügung: »Ich verstehe ohne weiteres, daß dies eine sehr gefährliche Expedition ist, von der wir vielleicht nie zurückkehren, aber sofern ich nur einen einzigen Blick von ihm erhasche, sterbe ich gern auf dem Planeten, den ich schon immer besuchen wollte. Ich bin nicht von Sinnen. Ich bin vollkommen gesund, und es ist mir sehr ernst mit dieser Sache ...« Im Jahre 1920 bot eine unbekannte Person, die ein in akribischer Schönschrift abgefaßtes Briefchen einfach mit »Historiker, Boston, Mass.« unterzeichnet hatte, einen ausführlichen Beweis dafür an, daß »DIE ERDE FLACH ist und STILLSTEHT«. Ein paar Jahre später wartete John Rounds aus Wisconsin mit einem noch verwickelteren – und in der Tat zirkelschlüssigen – Beweis dafür auf, »daß die Erde *nicht* flach ist« und daß sie sich in Wirklichkeit »um die Sonne dreht«, als hätte vor ihm noch niemand den Mut zu einer solch kühnen Hypothese aufgebracht. Die Leidenschaft, die diese Briefseiten atmen, kommt ganz offensichtlich von Herzen, und die Seiten selbst, denen man ihr Alter ansieht, wirken echt.

Ein oder zwei Meter von der Nische mit der Briefausstellung entfernt steht eine weitere Vitrine von der Größe eines Aquariums, die ebenfalls ein gewichtig aussehendes Stück wissenschaftlicher Apparatur birgt. Dieser Apparat schwebt über einer schwarzen Drehscheibe, auf der in gleichmäßigen Abständen fünf kleine Glasschalen stehen, die jeweils ein winziges Häufchen Pulver enthalten. Die fünf Schalen tragen die Aufschriften »BESESSENHEIT«, »WAHN«, »PARANOIA«, »SCHIZOPHRENIE« und »VERNUNFT«. Weiteren Text gibt es nicht. Aber schaut man genauer hin, sieht man, daß kürzlich irgendein Mißgeschick geschehen sein muß: der schwere Schaft des Meßinstruments hat sich zu tief in die Schale mit der Aufschrift »VERNUNFT« gesenkt und diese zertrümmert; Scherben und Pulver liegen auf der Drehscheibe verstreut. »Außer Betrieb«, verkündet ein kleines Schildchen, das vorn auf der Scheibe der Vitrine klebt.

Mittlerweile kommt man sich vielleicht selbst ein bißchen außer Betrieb vor und hat das Gefühl, nurmehr ein mit Pulver übersäter Scherbenhaufen zu sein. Man kehrt zurück in den Eingangsraum, wo Wilson wieder hinter seinem Schreibtisch sitzt, in ein Buch vertieft; das Akkordeon ruht wie ein dösendes Haustier neben ihm an der Wand. Man schlendert verwirrt und unentschlossen zwischen den Geschenkartikeln umher und stöbert in den Monographien: vielleicht können sie einem weiterhelfen. Drei kleine Büchlein kann man tatsächlich hier kaufen; sie gehören offenbar zu einer Reihe mit dem Titel »Beiträge des Museums für Jurassische Technik«. Bei dieser Reihe wiederum scheint es sich – jedenfalls vermitteln die Titelangaben auf den Umschlägen diesen Eindruck – um Exzerpte aus der vielbändigen Veröffentlichung *Supplement to a Chain of Flowers* zu handeln. Die Monographie über Geoffrey Sonnabend ist also *An Encapsulation by Valentine Worth*, exzerpiert aus »Band V, Nr. 5 (erste Auflage, gekürzt)«, *Supplement to a Chain* (wobei der Text weitgehend dem der Diaschau im Museum entspricht – oder vielleicht auch umgekehrt). Die Monographie über Maston, Griffith und den *deprong mori* ist dagegen eine »zweite, überarbeitete Auflage« aus »Band IV, Nr. 7«. Und dann gibt es da auch noch eine merkwürdige Monographie, *On the Foundations of the Museum: The Thums, Gardeners and Botanists* (dritte, überarbeitete Auflage), mit einem Text von Illera Edoh, Kustos der Stiftungssammlungen.

Seinen autoritativen Bericht garniert der Autor freigebig mit sinnverwirrend pedantischen Fußnoten wie etwa der folgenden: »Bird, 132, Bd. 4, S. 337. Der Verweis fehlt in der ersten Auflage (1933) von *Athen Orientalis*, findet sich dagegen in der zweiten Auflage, einer ›sehr stark verbesserten und erweiterten Auflage; unter Hinzufügung von mehr als 500 Originalstellen aus dem Manuskript des Autors‹ (1933, Bd. 2, Spalte 888) ... Allerdings dürften die Belege in Bird von recht anfechtbarem Wert sein.«

Im Impressum kann man in jeder der Monographien lesen: »Als Veröffentlichung der Gesellschaft für die Verbreitung nützlicher Informationen erschienen in den Vereinigten Staaten von Amerika ... Für die Zusammenarbeit mit den Besuchern des Museums sorgten Vertreter der Druckanstalt.« Die Druckanstalt ist natürlich die der besagten Gesellschaft für die Verbreitung nützlicher Informationen; als Adresse wird »9091 Divide Place, West Covina, Kalifornien OX2 6 DP« (irre Postleitzahl!) angegeben. Die Druckanstalt scheint aber auch noch weitere Außenstellen zu haben, die allesamt penibel aufgezählt werden:

Beirut Bhopal Billings Bogotá
Bowling Green Buenos Aires Campton
Dar es Salaam Dayton Düsseldorf
Fort Wayne Indianapolis Lincoln
Mar en Beg Mar en Mor
Nannin Pretoria Socorro
Teheran Terra Haute Ulster

Die Monographien haben also dem Besucher, wie unschwer zu erkennen ist, nicht im geringsten helfen können, und nun ist er vollends ratlos. »Äh, entschuldigen Sie«, so faßt er sich schließlich vielleicht ein Herz und wendet sich an Wilson, der hinter seinem Schreibtisch sitzt. »Äh, was *ist* das hier eigentlich?«

»Entschuldigen Sie«, fragte ich in solch einem Augenblick gegen Ende meines ersten Besuchs. »Äh, was für ein Ort *ist* das hier eigentlich?« Wilson blickte von seiner Lektüre auf: ein undurchdringlicher Strahlemann.

Ich glaube, ich muß hier einiges über Wilson selbst sagen, über seine Erscheinung, denn die paßt haargenau zu seinem Museum. Ich habe ihn als Winzling beschrieben, obwohl *äffchenhaft* die bessere Bezeichnung wäre. Seine Züge sind weich und doch markant, eine breite Stirn, kurzes schwarzes Haar, das an den Seiten grau wird, ein kurz gehaltener Mennonitenbart, der das Gesicht einrahmt und die Wangen ausfüllt (allerdings ohne Schnurrbart; der Raum zwischen Nasenspitze und Oberlippe ist auffällig breit). Er trägt eine Brille mit runden Gläsern, die den gnomenhaften Zug irgendwie noch verstärkt. Man hat ihn als Ahab im Körper eines Kobolds charakterisiert (als Mini-Ahab, monomanen Puck), aber die beste Beschreibung, die ich bislang gehört habe, stammt von seiner Frau Diana (sie ist ebenfalls nicht gerade hochgewachsen – von ihren Freunden werden die beiden manchmal »die kleinen Wilsons« genannt), die sein Erscheinungsbild mir gegenüber als neandertalerhaft bezeichnete. »Im Ernst«, sagte sie lachend, »sein Körper beweist es zur Genüge.« (Als Doktorandin im Fach Anthropologie an der Universität von Los Angeles muß sie es ja wissen.) »Zum Beispiel seine Brauenwulste. Bei uns übrigen sind sie flach, aber bei ihm springen sie eindeutig vor. Hinten am Schädel hat er eine kleine Wölbung – der Schädel ist nicht platt wie bei uns. Die Neandertaler hatten enorme Kinnbacken, und Davids Zahnarzt hat ihm einmal verblüfft gesagt, hinter seinen Backenzähnen sei Platz für eine ganze zweite Reihe. Schaut man sich seine Arme und Beine genau an, dann sieht man, daß die Knochen der unteren Hälfte im Verhältnis länger und die der oberen Hälfte kürzer sind als bei uns – genau wie bei ihnen. Im Field-Museum in Chicago haben wir eine Ausstellung über Höhlenmenschen gesehen, und als uns all diese Ähnlichkeiten auffielen, kugelten wir uns vor Lachen. Völlige Übereinstimmung, nur wogen sie natürlich mehr, während er ein Leichtgewicht ist – so daß er eigentlich eher einem *pubertierenden* Neandertaler entspricht. Er hat auch diesen Wulst, der mitten über das Schädeldach verläuft. Der tritt tatsächlich sogar schon beim Prä-Neandertaler auf – er diente als eine Art Aufhängung für die riesige Kinnbackenmuskulatur. Ich erwähnte das einmal meinem Professor gegenüber, und er sagte: ›Ja, klar. Die Eskimos haben das ebenfalls.‹ Aber schließlich ist mein Mann doch kein Eskimo, gab ich dem Professor zu bedenken.«

»Nun«, antwortete Wilson damals kühl und gelassen von seinem Schreibtisch aus, als ich ihm bei meinem ersten nachmittäglichen Besuch mit meiner Frage kam (offenbar werden ihm ständig solche Fragen gestellt), »wie Sie sehen, sind wir ein kleines naturgeschichtliches Museum mit besonderem Akzent auf Kuriositäten und technischen Neuerungen.« Er machte eine Pause und fuhr dann fort: »Uns liegt ganz entschieden daran, Dinge zu zeigen, an deren Ausstellung andere naturhistorische Museen anscheinend nicht interessiert sind.« Er schien zu spüren, daß ich nach wie vor Schwierigkeiten hatte, mich zurechtzufinden. »Der Name sagt etwas über die Schätze des Museums aus, stellt aber keinen Bezug zu einer bestimmten geologischen Periode her«, versuchte er, mir auf die Sprünge zu helfen. Dann langte er in seine Schublade und zog eine Broschüre heraus. »Hier, das hilft Ihnen vielleicht weiter.«

Die Abbildung auf dem Umschlag der Broschüre zeigte

den gleichen archaischen Kopf wie draußen das Transparent. »DAS MUSEUM FÜR JURASSISCHE TECHNIK – UND DU«, lautete der ominöse Text der Überschrift, die sich um den Kopf herumzog. Im Innern begann die Broschüre mit einer allgemeinen Feststellung:

> Das Museum für Jurassische Technik in Los Angeles, Kalifornien, ist eine Bildungseinrichtung, die der Aufgabe dient, Kenntnis und öffentliche Wertschätzung des Jüngeren Juras zu fördern. Wie ein doppelseitig zu tragender Mantel erfüllt das Museum eine zweifache Funktion. Einerseits bietet es der akademischen Gemeinschaft eine Fundgrube von Zeugnissen und Gerätschaften aus dem Jüngeren Jura, wobei es auf Dinge spezialisiert ist, die ausgefallene oder merkwürdige technische Eigenarten aufweisen. Andererseits steht das Museum der breiten Öffentlichkeit zur Verfügung und vermittelt dem Besucher eine nachvollziehbare Erfahrung vom »Leben im Jura«.

Gleich anschließend folgte eine kleine Landkarte, die mit »JURASSISCH« betitelt war und ansonsten haargenau wie eine Karte von Ägypten aussah – jedenfalls hätte jedermann die Gegend, die darauf zu sehen war, für Ägypten gehalten. Durch einen Pfeil war das Gebiet, das nach gängigem Urteil das Nildelta bildete, als »Jüngerer Jura« kenntlich gemacht.

Der Text (wie sich herausstellte, war er identisch mit dem Wortlaut eines von der immer gleichen amtlichen Stimme gehaltenen Diavortrags, den der Besucher in einer kleinen Nische neben dem Eingang einschalten kann – jedenfalls normalerweise, wenn die Apparatur nicht gerade, wie an diesem Nachmittag, defekt ist) bot anschließend einen Traktat über das Museum im allgemeinen:

> In der ursprünglichen Bedeutung wurde mit dem Begriff »Museum« ein Ort bezeichnet, der den Musen geweiht war – »ein Platz, an dem sich der Geist des Menschen in einen Zustand versetzen konnte, der ihn den Alltagsgeschäften entzog«. Das mit

> Abstand wichtigste Museum der Antike war die große Einrichtung in Alexandrien, die Ptolemaios Philadelphos im 3. Jahrhundert v. Chr. gegründet hatte (unterstützt durch eine Zuwendung aus dem Staatsschatz). Und in keiner Abhandlung über das Museum darf die Erwähnung der Arche Noah fehlen, in der uns das vollständigste naturgeschichtliche Museum begegnet, das die Welt je gesehen hat.

Und so weiter. Bald sinnverwirrend detailliert, bald nervzermürbend vage, fuhr der Text fort, den Ausstellungstrieb durch die finsteren Zeiten der Vergessenheit im Mittelalter bis zur Neubelebung im 16. und 17. Jahrhundert zu verfolgen,

> wo Sammlungen von Naturobjekten ebenso gang und gäbe waren wie Sammlungen von Kunstwerken und wo oft beide Sammlungen im gleichen Magazin aufbewahrt wurden. Einer der frühesten gedruckten Kataloge einer Sammlung verzeichnet »alle vorzüglichsten Raritäten im Auditorium und im Anatomiesaal der Universität Leiden«; er ist angeblich 1591 erschienen, aber hier liegt wohl eine Verwechslung mit 1691 vor.

Nachdem in der Broschüre die einzigartigen Sammlungen von John James Swammerdam, Dr. Matthew Maty, Ole Worm (mit seinem »Museum Wormianum«) und Elias Ashmole herausgestellt wurden, erfährt man, daß in den damaligen Zeiten solche Schätze Privileg der jeweiligen Oberschichten der Gesellschaft geblieben seien. Das ist offenbar der Grund, warum in der Broschüre dem amerikanischen Maler Charles Willson Peale aus dem ausgehenden 18. Jahrhundert besondere Wertschätzung entgegengebracht wird. Sein bemerkenswertes Magazin in Philadelphia

> stand den Menschen jeglicher Herkunft offen (Kinder und das schöne Geschlecht eingeschlossen)... Peale war aus tiefstem Herzen überzeugt davon, daß Bildung eine erhabene Aufgabe

> und für das Glück der Menschen unverzichtbar sei und daß der Lernende stets von den vertrauten Dingen zu den unvertrauten hingeführt, gewissermaßen entlang einer Blumenkette in die Geheimnisse des Lebens eingeweiht werden müsse.

»Vernünftige Unterhaltung« sei, so wird in der Broschüre weiter erläutert, die Absicht des Pealeschen Museums gewesen, aber dank einer merkwürdigen Ironie auch die Wurzel seines Verderbens:

> Fast augenblicklich stellten sich Nachahmer ein. Ohne jede wissenschaftliche Ambition Absonderlichkeiten zusammenzutragen erwies sich als ein einträgliches Geschäft. In fast jeder amerikanischen Metropole und Provinzstadt traten bald schon aufgedonnerte Pseudomuseen in Erscheinung. Diese unerfreuliche Entwicklung erreichte ihren Höhepunkt mit Barnum, der zu guter Letzt die Pealeschen Sammlungen erwarb und in alle Winde verstreute.

Das Museum für Jurassische Technik selbst stamme, so wurde in der Broschüre weiter erklärt, aus »dieser Zeit, in der viele der wichtigen Sammlungen unserer Tage langsam Form annahmen«. Tatsächlich seien viele der Exponate im MJT ursprünglich Bestandteil kleiner und weniger bekannter Sammlungen wie der Devonischen und der Eozänischen Sammlung gewesen. In der Diaschauversion ertönte nun anregende Musik von einer gewissen öligen Beschaffenheit, während der Vortrag zum Finale rüstete:

> Auch wenn der Weg nicht immer leicht war, hat sich das Museum für Jurassische Technik doch als anpassungsfähig erwiesen und so weit entwickelt, daß es heute unter den großen Einrichtungen des Landes eine einzigartige Position einnimmt. Aber auch heute noch bewahrt das Museum etwas von dem Geiste der Frühzeit naturkundlicher Museen, etwas von der Atmosphäre jener ersten »Ungereimtheiten«, die als Frucht »übereifrigen Forschungsdranges im Angesicht unergründlicher Phänomene« bezeichnet worden sind.

Lob und Preis sei Ihm, der ewig währet und in dessen Händen der Schlüssel zu grenzenloser Vergebung und zu nimmer endender Strafe liegt.

Das alles brachte mich weiter und tat es auch wieder nicht.

»Äh«, setzte ich erneut an, nachdem ich die Broschüre gelesen hatte, »wie ist denn aber dieses Museum eigentlich zustande gekommen?«

»Sie meinen *dieses* Museum?« Wilson forderte Eindeutigkeit.

Ja, *dieses*.

»Aha«, sagte er. »Nun, Kernmaterial, wenn man es so nennen will, der jetzigen Ausstellung – die flämischen Falter zum Beispiel oder das Läutnicht-Faultier (dieses Exponat ist zur Zeit nicht zu sehen) – haben wir aus der Kuriositätensammlung übernommen, die von den Thums zusammengetragen wurde: nämlich von Owen Thum und seinem Sohn Owen Thum dem Jüngeren, die beide in South Platte im südwestlichen Nebraska Botaniker oder, wie ich vermute, einfach Gärtner waren. In mancher Hinsicht glich ihre Sammlung den Kollektionen des Adels im alten Europa – nur eben alles im hausbackenen Format des amerikanischen Mittelwestens.«

Wann war das?

»Ach, in der ersten Hälfte dieses Jahrhunderts – der Vater begann in den zwanziger Jahren mit dem Sammeln, und der Sohn machte weiter bis in die fünfziger Jahre. Aber dann wurde das Material von einem Mann namens Gerard Billius praktisch gestohlen. Die Geschichte ist kompliziert, aber Billius war ein Mann mit Geld, der ebenfalls aus Nebraska stammte – ich glaube sogar, auch aus South Platte. Ich weiß es nicht genau, aber ich könnte nachschauen. Jedenfalls vermutete Billius, daß die Samm-

Owen Thum, Owen Thum der Jüngere und Hester Boxbutte Thum

lung einigen Wert habe, freundete sich mit Owen dem Jüngeren an – der, um ehrlich zu sein, ein ziemlicher Trottel war, nicht sehr helle – und brachte ihn dazu, in sein Testament eine Schenkungsverfügung zu seinen, Billius', Gunsten aufzunehmen. Billius war Rechtsanwalt. Im Lauf der Jahre fingen Owen der Jüngere und seine Frau Hester an, Billius' wahren Charakter zu durchschauen, und bemühten sich, die Schenkung rückgängig zu machen, aber sie war in einer Weise abgefaßt, daß es keine Möglichkeit gab, sie zu widerrufen. Als Owen der Jüngere starb, kam es zu einem schrecklichen Krach zwischen seiner Frau Hester und Billius – sie versuchte, die Sammlung an die Historische Gesellschaft von Nebraska statt an ihn zu überschreiben –, und das Ganze endete damit, daß sie unter höchst verdächtigen Umständen im Teich ihres Gartens ertrank.«

Wann war das doch gleich?

»Ach, das muß Ende der fünfziger Jahre passiert sein. Wie dem auch sei, die Sammlung ging also an Billius. Nur verlor er rasch das Interesse daran – ich nehme an, es stellte sich heraus, daß sie nicht so bedeutend oder zumindest nicht so gewinnträchtig war, wie er sich das vorgestellt hatte. Und danach – also hier will ich mich nicht festlegen, weil ich nie genau herausbekommen habe, wie die Sammlung von Billius auf Mary Rose Cannon beziehungsweise auf ihre Familie überging. Ich denke, sie war vielleicht seine Enkelin oder so – auch sie stammt aus Nebraska oder möglicherweise aus Texas. Jedenfalls war sie eine Person, mit der wir seit geraumer Zeit schon auf Umwegen bekannt waren, bis sie uns dann vor ungefähr zehn Jahren das Material quasi übergab. Eine nette Frau, aber wir haben den Kontakt zu ihr ein bißchen verloren. Jedenfalls war das der Anfang.«

Zugleich war es, wie ich in der Folge merken sollte, eine typisch Wilsonsche Geschichte: überladen, manchmal in den Einzelheiten fast überbordend, aber dann plötzlich verschwommen, zumal wenn es auf die Gegenwart zuging. Geschichten dieser Art machen häufig eine Art Sprung und verlangen vom Zuhörer, daß er ihn mitmacht.

Was war mit den Stinkameisen?

»Also, von denen hörten wir zum erstenmal, lassen Sie mich überlegen, ich glaube, das war in einer Rundfunk-Sondersendung; uns war sofort klar, daß wir ein Exemplar in unsere Sammlung aufnehmen wollten. Eines zu besorgen erwies sich allerdings als unglaublich schwierig. Keiner der üblichen Lieferanten hatte je von den Ameisen gehört oder konnte einer habhaft werden. Zu guter Letzt versuchten wir es bei der Carolina-Gesellschaft für biologischen Bedarf in Portland, Oregon.«

Eine Gesellschaft aus Carolina ... *in Portland, Oregon*?

»Genau«, bestätigte Wilson. »Und da stießen wir auf Richard Whitten.« Wilson stürzte sich wieder in eine umständliche Saga, die diesmal von einem unvorstellbar begabten Amateur auf dem Gebiet der Insektenkunde handelte; Whitten besaß eigene imposante Sammlungen von Käfern und Schmetterlingen, hatte aber auch noch alle möglichen anderen Qualitäten (er war ein großer Lieder- und Gesangsnarr und wünschte sich sein Leben lang nichts sehnlicher, als im Mormonischen Tempelchor singen zu dürfen; und eines Tages packte er kurzerhand seine Familie in ein Wohnmobil und machte sich auf nach Salt Lake City, wo er einen Smoking auslieh und sich während eines Konzerts in den Chor einschlich – Geschichten über Geschichten); er war als einziger weit und breit imstande, Exemplare der Stinkameise zu beschaffen, und er versorgte das Museum regelmäßig damit.

Und wie waren zum Beispiel (mittlerweile wählte ich meine Worte mit größter Sorgfalt) Geoffrey Sonnabend und Madalena Delani in sein Leben getreten?

»Also, auf Sonnabend stieß ich zum erstenmal, als wir uns um die Erweiterung eines Exponats bemühten, das wir damals besaßen und das dem Thema Erinnerung gewidmet war. Die drei leeren Sichtfenster im hinteren Teil des Museums – ich weiß nicht, ob sie Ihnen aufgefallen sind. Nun, dahinter steckte früher ein Exponat, das die Gedächtnistheorien von Platon, Aristoteles und Augustinus einander gegenüberstellte. Ich selbst bin ganz schön vergeßlich, des-

Das Platonische Erinnerungskonzept

halb hat mich das Thema Erinnerung schon immer interessiert. Platon vergleicht irgendwo das Gedächtnis mit einem Vogelhaus im Kopf, in dem all die vielen Vögel herumflattern, so daß es passieren kann, daß man eine Ringeltaube herausholen möchte und statt dessen eine Turteltaube zu fassen bekommt. Und das stellten wir sinnbildlich durch eine wächserne Hand dar, die einen ausgestopften Vogel hält. Wir hatten vor, das Exponat um ein viertes Sichtfenster zu erweitern, das dem Werk von Hermann Ebbinghaus gewidmet sein sollte, einem großen deutschen Forscher der Jahrhundertwende, der das ganze Forschungsgebiet regelrecht *mit neuem Leben erfüllte*. Er bildete Tausende von sinnlosen Silben, veranlaßte Versuchspersonen, sich Gruppen davon einzuprägen, und stellte dann in einer Kurve dar, wie die Erinnerung an das Gelernte schwand; das Ergebnis war so eine Art Speichermodell. Faszinierend.

Jedenfalls war ich eines Tages in der Zentralbibliothek der Universität von Los Angeles, um die Bücher von Ebbinghaus durchzublättern, und da stieß ich zufällig bei der nächsten Signatur auf Sonnabends dreibändiges Werk *Obliscence*. Seit Jahren hatte offenbar niemand diese Bücher in der Hand gehabt, der letzte Ausleihstempel lag Ewigkeiten zurück, aber ich fing an zu lesen – Sonnabend selbst erzählt im Vorwort die Geschichte von der Entstehung der Theorie, von Madalena Delani und den Iguaçufällen –, und ich war sprachlos. Ich glaube, zum Teil war es das Phantastische dieser Theorie, die ihr eigenes Schicksal vorherzusagen schien. Und dann, nur ein paar Tage später, hörte ich zufällig in KUSC, dem lokalen Klassiksender, Jim Svejdas Programm ›Plattenregal‹, und er widmete die ganze Sendung von einer Stunde Dauer ausschließlich Madalena Delani – bei dieser Gelegenheit erfuhr ich zum Beispiel überhaupt erst, wie sie umgekommen war. Es war ein unglaublicher Zufall – alles bei der Geschichte ist wie ein Geflecht aus den unwahrscheinlichsten Zusammentreffen –, wie sie sich beinahe kennengelernt hätten, wie es nicht dazu kam, was die beiden überhaupt dorthin, an die Wasserfälle, verschlagen hatte. Und an dieser Art von Zufällen sind wir hier im Museum auch ganz speziell interessiert. Wir nahmen Kontakt zur Chicagoer Historischen Gesellschaft auf, wo uns ein Mann namens Rusty Lewis enorm behilflich war, besonders in bezug auf den Konditor Gunther. Die ganze Sache wuchs sich einfach immer weiter aus.«

Es wurde spät – höchste Zeit, das Feld zu räumen. Ich sah wieder auf die Broschüre hinunter, auf den archaischen Kopf. Was gab es über ihn zu erzählen?

»Ach, Mr. J.? So nennt ihn meine Tochter. Ich würde sagen, er ist für uns so etwas wie ein Maskottchen.«

Und die Buchstaben »A, E, N« auf dem Transparent draußen?

»Nun, Sie haben vielleicht den Strich über jedem der Buchstaben bemerkt: der bedeutet Verneinung oder Aufhebung. So daß ›A, E, N‹ soviel bedeutet wie *nicht*-aristotelisch, *nicht*-euklidisch, *nicht*-newtonsch. Quasi einer unserer Wahlsprüche.«

Als ich die Tür öffnete, um hinauszugehen, fiel mein Blick erneut auf das Diorama mit der Urne und den Nachtfaltern. Was hatte es damit auf sich?

»Ach, das ist eine kleine Urne, umgeben von französischen Nachtfaltern – oder nein, es können auch flämische sein, ich bin mir nicht sicher.«

Und was hatte die Urne zu bedeuten?

»Es ist einfach eine Urne. Ich glaube nicht, daß sie irgend etwas bedeutet.«

Und das andere Diorama dort – die Flaschen mit Chemikalien?

»Titanoxyd, Eisenoxyd und Tonerde – das sind die drei chemischen Bestandteile des Korunds, des Basismaterials aller Saphire und Rubine. Tatsächlich ist der Grund dafür, daß wir die Flaschen da draußen ausgestellt haben, ihre Beziehung zu den Saphiren, die, wie Sie vielleicht wissen, seit jeher mit Tugenden wie Treue und Standhaftigkeit in Verbindung gebracht werden.«

Ein paar Tage danach hielt ich mich wegen eines anderen Projekts in der Bibliothek der Universität von Los Angeles auf, als ich halb zum Spaß anfing, im computerisierten Katalog zu stöbern. »Ebbinghaus, Hermann«, tippte ich ein, und prompt tauchte eine Unmenge von Verweisen auf (»*Über das Gedächtnis. Ein Beitrag zur experimentellen Psychologie,* 1913«, und so weiter). Dann gab ich »Sonnabend, Geoffrey« ein, und der Bildschirm waberte eine Weile, ehe er schließlich verkündete: »Kein Eintrag.« Ich ging zur Auskunft und fragte den Bibliotheksangestellten, ob es vielleicht einen vollständigeren Katalog gebe, der sämtliche Bibliotheken im System erfaßte; er wies auf die rechnergestützte Zentralkartei, die auf seinem Schreibtisch stand und die nicht nur alle Universitätsbibliotheken, sondern auch einen Großteil der anderen Bibliotheken abdeckte, die es in den USA gab und die irgend von Belang waren. Er tippte »Sonnabend, Geoffrey« ein, aber auch diesmal lautete die Antwort: »Kein Eintrag.« Daraufhin rief ich die Telefonauskunft in Chicago an und fragte nach der Nummer der Northwestern University Press, nur um zu erfahren, daß es auch für sie keinen Eintrag gab – was ich kurios fand; aber dann wies mich der Mann von der Auskunft darauf hin, daß der Verlag, falls es ihn gab, wie die Universität selbst wahrscheinlich unter Evanston zu finden wäre, nicht unter Chicago; und so war es tatsächlich. Aber als ich dort anrief, hatten auch sie noch nie etwas von Sonnabend gehört. Ich rief bei KUSC an und ließ mich mit Jim Svejda verbinden; als er am anderen Ende der Leitung war, erklärte ich ihm die Situation, erzählte ihm von der Ausstellung und fragte ihn, ob er je eine Sendung über die Sängerin Madalena Delani gemacht habe. Er lachte sich halb tot: nie von ihr gehört. Ich rief noch einmal die Vermittlung in Chicago an und ließ mir die Nummer der Chicagoer Historischen Gesellschaft geben. Als ich sie an der Strippe hatte, erkundigte ich mich unsicher nach Rusty Lewis, aber wie sich herausstellte, gab es ihn tatsächlich. Hatte er je von Charles Gunther gehört? »Sie meinen den Konfektkönig?« gab er wie aus der Pistole geschossen zurück. Er bestätigte dann in allen Einzelheiten die Informationen über Gunther, die ich von der Ausstellung her kannte – seine Sammlung, die Verpflanzung des Libby-Gefängnisses, die historischen Schreibtische, sogar die Schlangenhaut, die man bis zum heutigen Tage in der Sammlung der Historischen Gesellschaft bewundern könne.

Als ich zurück in die Bibliothek kam, erkundigte ich mich nach dem Ethnographen Bernard Maston: »Kein Eintrag vorhanden.« Ich fragte nach Donald R. Griffith: »Kein Eintrag vorhanden.« Aus irgendeinem Grund versuchte ich es auch mit dem Titel seines Buches – *Listening in the Dark* –, und mit Erfolg, nur hatte das Buch einen anderen Untertitel, und sein Verfasser hieß Donald R. Griff*in*, nicht Griff*ith*. Ich ging hinauf, um das Register des Buches zu durchmustern, fand aber keinerlei Verweise auf Maston, die Dozo oder irgendeinen *deprong mori*. Ich ging wieder hinunter und stellte fest, wo sich Griffin zuletzt aufgehalten hatte; offenbar hatte er sich in Lexington, Massachusetts, zur Ruhe gesetzt. Sodann brachte ich seine dortige Telefonnummer in Erfahrung und rief ihn an. Als ich ihn erreicht hatte, fing ich an, ihm von dem Museum zu erzählen (es war ihm völlig unbekannt) und von dem Exponat über Donald R. Griffith. »Nicht doch«, unterbrach er mich, »mein Name ist Griffin, mit einem N, nicht Griffith.« Ist mir klar, sagte ich, ist mir klar. Ich fragte ihn dann, ob er je von einer Fledermaus namens *Myotis lucifugus* gehört habe. »Selbstverständlich«, sagte er, »das ist die verbreitetste, bekannteste Art in Nordamerika. Deshalb wurden alle frühen Forschungen zur Echolotortung mit ihnen durchgeführt.« Erstreckte sich ihr Lebensraum auch auf Südamerika? Soweit er wisse, nein – warum? Als ich ihm nun von den Bohrteufeln und den Strohdächern, den Bleiwänden und den Röntgenstrahlen erzählte, wurde sein Lachen immer unbändiger. Als er sich schließlich wieder beruhigt hatte, sagte er: »Nein, nein, nichts davon ist auf meinem Mist gewachsen, alles ist Quatsch – wenn ich's mir recht überlege, belassen wir es lieber beim Namen Griffith.« Er schwieg einen Augenblick, ehe er fast versonnen fortfuhr: »Trotzdem ist es merkwürdig, wissen Sie. Vor fünfzig Jahren, als wir erstmals die These aufstellten, Fledermäuse verfügten über eine Art Ultraschallortung, hielten die meisten Menschen diesen Gedanken für genauso absurd.«

Ich weiß nicht, warum, aber ich konnte die Sache einfach nicht auf sich beruhen lassen. Ich rief die Auskunft in Portland, Oregon, an und erkundigte mich skeptisch, ob sie in ihren Unterlagen eine Carolina-Gesellschaft für biologischen Bedarf hatten. Sie hatten. Ich wählte die Nummer und fragte nach Richard Whitten. Die Frau am anderen Ende erklärte, er arbeite nicht mehr dort, was sie sehr schade finde, weil er ein so wunderbarer Mensch sei, ganz bestimmt. Sie versorgte mich sodann völlig unaufgefordert mit Geschichten über seine unglaublichen Käfer- und Schmetterlingssammlungen und über seine sonstigen Vorlieben und wie er es sogar geschafft habe, im Mormonischen Tempelchor mitzusingen – die ganze lange Geschichte. Vor zwei Jahren indes, erklärte sie, hätten er und seine Frau ihre Zelte abgebrochen und seien hinunter nach San José, Costa Rica, gezogen, wo sie zu guter Letzt ihr Traumvorhaben in die Tat umgesetzt hätten – ein kleines Museum, das einzig und allein dem Zweck diente, ihre wundervollen Sammlungen auszustellen. Whitten sei zwar nicht telefonisch zu erreichen da unten, aber er habe ein paar Zeitungsausschnitte geschickt – ob ich ein Faxgerät hätte, wollte sie wissen. Wo ich mich gerade befand, gab es zufällig eines. Ich sagte ihr die Nummer, und ein paar Minuten später trafen die Ausschnitte ein: begeisterte Elogen auf die Whittens und ihr neues Museum Joyas del Trópico Húmedo (Juwelen des Regenwaldes). Die Bogen wälzten sich eine Zeitlang aus dem Apparat heraus, bis auf dem letzten Blatt unten ein Foto von Richard Whitten in Person erschien, der inmitten seiner Schmetterlinge zufrieden strahlte.

Er spielte auf einem Akkordeon.

»ER VERLÄSST NIE die Ebene der Ironie – das ist einfach unglaublich bei ihm.« Ich unterhielt mich mit Marcia Tucker, der Leiterin des Neuen Museums in New York, über David Wilson. Wie ich feststelle, treiben die Kunst- und Museumsleute zunehmend einen Kult mit dem MJT; sie können offenbar gar nicht genug davon kriegen. Wohin ich auch kam, hörte ich von ihm: im Bezirksmuseum von Los Angeles, im Museum für Zeitgenössische Kunst, im Getty-Museum ... »Wenn Sie mit ihm da drin sind«, fuhr Marcia Tucker fort, »wirkt alles erst einmal ganz unverfänglich. Aber irgendwo ist da ein kaum merklicher Bruch zwischen der Empfindung, daß man etwas erfährt, und dem Gefühl, daß etwas daran nicht stimmt. Diese leichte Schieflage – der ganze Ort lebt davon. Und Wilsons Anwesenheit hinter dem Schreibtisch, die Buchstabengläubigkeit, mit der er ernsthaft und scheinbar offen auf all Ihre Fragen antwortet, die Tatsache, daß er niemals rausplatzt und Sie wissen läßt, wann – oder auch nur ob – er seine Scherze treibt: das alles fügt sich nahtlos zu dem Gefühl von Schieflage, das einen beschleicht.

Vor einiger Zeit war ich auf einer internationalen Museumskonferenz in Deutschland – die Crème de la crème war anwesend«, erzählte sie weiter. »Und er war auch da, als einziger im Anzug. Und irgendwann stand er auf, um seine Version von der Geschichte des Museums im allgemeinen und der seines eigenen Museums im Rahmen dieser Geschichte vorzutragen. Alles völlig normal – nur daß er die Konferenz von der Ebene bierernster, blasierter, selbstgefälliger Wichtigtuerei auf diese absolut andere Ebene verpflanzte: auf die Ebene reiner Phantasterei. Die Ausländer, die der Simultanübersetzung lauschten – man sah ihnen an, daß sie nichts zu lachen hatten. Und danach kamen sie alle zu mir, waren völlig durcheinander und fragten: ›Worum handelt es sich bei diesem Museum für Jurassische Technik eigentlich?‹ Und ich gab darauf zur Antwort: ›Nun, was meinen Sie denn, worum es sich dabei handelt?‹ Es war wie in der Psychoanalyse. Das Museum bietet sich so herrlich für Projektionen und Übertragungen an. Es ist wie ein Museum, eine Kritik am Museum und eine Verklärung des Museums – all das unauflöslich ineinander verwoben.

Ich sage Ihnen«, erklärte sie abschließend, »für mich gehört das Museum für Jurassische Technik zu den großen

Kunstschätzen der westlichen Welt.« Wie bei allem, was mit dem MJT zu tun hatte, fiel es mir auch bei dieser Äußerung schwer, zu entscheiden, ob sie scherzhaft oder ernst gemeint war.

Ralph Rugoff, ein Kunstkritiker aus Los Angeles, hat sich viele Gedanken über das MJT gemacht. Und zu den Dingen, die er daran am meisten schätzt, gehört die Art und Weise, wie das Museum alle Kennzeichen institutioneller Autorität einsetzt – sorgfältige Darbietung, ausführliche Texte, gedämpftes Licht und modernstes technisches Drumherum –, nur um ebendiese Autorität, gleichermaßen im Blick auf seine eigene Existenz und die des Museums überhaupt, zu unterlaufen. Das Jurassische Museum läßt leise Bedenken – kleine Regungen des Zweifels – im Besucher aufkeimen, die seinen Umgang mit dem kulturell Sakrosankten zu vergiften drohen. (So hat zum Beispiel Maria Porges, eine andere Kritikerin, geäußert: »Wilson zieht die langweiligen, pedantischen Formen einer um Echtheitsnachweise bemühten Gelehrsamkeit vollends durch den Kakao. Die zahlreichen Fußnoten, Verweise und Lehrtafeln sind mit Sicherheit alle getürkt, was ich von den ewigen Zitaten in wissenschaftlichen Zeitschriften seit langem schon vermute.«) »Es ist alles sehr intelligent gemacht«, versichert Rugoff, »und sehr durchtrieben.«

Sehr durchtrieben und doch gleichzeitig völlig aufrichtig. Rugoff erzählte mir, wie er eines Tages neben Davids Frau Diana bei einem Vortrag saß, den Wilson in einem Seminar in der Universität von Los Angeles hielt. Thema war eine frühe Fassung der Sonnabend-Version, die in der Tat lange nur als Vortrag existierte und erst vor relativ kurzer Zeit die Form eines Ausstellungsstücks angenommen hat. »Und er brachte das völlig überzeugend«, erinnerte sich Rugoff. »Alle Anwesenden schrieben auf Teufel komm raus mit, als wäre das Ganze die reine Wahrheit und würde garantiert in der Prüfung drankommen – die Wasserfälle, die Kegel, die Ebenen, alles. Es war sagenhaft. Und irgendwann beugte ich mich zu Diana hinüber und flüsterte: ›Das ist die unglaublichste Schau, die ich je einen Menschen habe abziehen sehen.‹ Und ihre Antwort war: ›Wie kommen Sie dazu, das für eine Schau zu halten? David *glaubt* all das Zeug.‹«

Wie gesagt, ich machte es mir zur Gewohnheit, jedesmal, wenn ich nach Los Angeles kam, dem Museum einen Besuch abzustatten, und jedesmal thronte David hinter seinem Schreibtisch, so daß ich ihn mit der Zeit ganz gut kennenlernte – besser gesagt, ich hatte das Gefühl, die erste Schicht Ironielosigkeit durchstoßen zu haben und bei so etwas wie einer zweiten Schicht Ironielosigkeit angelangt zu sein. Ach, was weiß ich! Ab und an redeten wir über seine eigene Lebensgeschichte, und meinem Eindruck nach entsprach alles, was er mir erzählte, mehr oder weniger den Tatsachen (oder jedenfalls erwies sich, was nachprüfbar war, als wahrheitsgetreu); allerdings verhielt es sich auch hier wie bei manchen seiner Ausstellungsstücke: die Geschichte, anfangs mit einer Fülle solider Details ausgestattet, wurde in dem Maße, in dem es auf die Gegenwart zuging, irgendwie ein bißchen nebulös.

David kam im Jahre 1946 in Denver zur Welt, und zwar als der mittlere von drei liebevoll umsorgten Söhnen eines Arztes (eines Hals-Nasen-Ohren-Spezialisten) und seiner Frau. Die Familie wohnte in dem alten vorstädtischen Bezirk Mountclair, der ursprünglich von einem Richthofen (entweder dem Baron selbst oder einem nahen Verwandten) als Kurbad begründet worden war. Das Schloß der

Familie von Richthofen, angeblich eine genaue Kopie des ehemaligen Familiensitzes in Deutschland, prangte auf einem nahe gelegenen Hügel; auf der anderen Straßenseite, unmittelbar gegenüber vom Haus der Wilsons, hatte der Gründer eine aufwendige Gedenkstätte für seine verstorbene Frau errichten lassen, zu der eine riesige, eindrucksvolle Urne mit der Asche der Toten gehörte. Bereits damals verfügte Denver über eine Palette herrlicher Museen – ein Museum für Naturgeschichte, für Orientalistik, für amerikanische Geschichte, für Kunst; David kann sich daran erinnern, wie er mit einem Kumpel, sobald sie ohne Begleitung den Bus benutzen durften, in die Stadt fuhr, um den ganzen Tag lang in den Museen herumzustreifen. Als ich von ihm wissen wollte, was ihn zuerst daran gereizt habe, antwortete er: »Nun, das Museale. Wie dunkel und leise es dort war, die Schaukästen aus Eiche und Glas, das Gefühl, sich in diesen Schatzkammern unter all den alten Dingen aufzuhalten. Dies alles und dann der merkwürdige Schreibstil – zum Beispiel bei den Begleittexten. Schon damals faszinierten mich diese staunenswerten Ellipsen, wie ich sie mittlerweile nenne, diese Sprünge zwischen dem Wissen, das beim Besucher einfach vorausgesetzt wird, und minutiösesten, häufig absurd detaillierten Erläuterungen, rhetorische Sprünge, die absolut atemberaubend sein können. Wir haben uns bemüht, bei einigen der Exponate hier etwas von dieser Wirkung zu erzielen – etwa beim europäischen Maulwurf. Der Begleittext für das Exponat des Läutnicht-Faultiers – er zählt zu unseren mysteriösesten – entstammt wortwörtlich dem Erläuterungstext zu einem ähnlichen Ausstellungsstück im Field-Museum in Chicago. Wirklich. Niemand will es mir glauben.«

Die vorgeschichtlichen Menschen müssen das merkwürdige Läutnicht-Faultier gekannt haben, auch wenn die zahlreichen Höhlenmalereien (zum Beispiel in den südfranzösischen Höhlen von Lascaux und Font-de-Gaume) offenbar nirgends Abbildungen von ihm zeigen. Zur Zeit der Römer war es wahrscheinlich schon ausgestorben, da nach Richard Ownes 1846 getroffener Feststellung »das absolute Schweigen, das Cäsar und Tacitus hinsichtlich solch bemerkenswerter Tiere an den Tag legen, praktisch die Möglichkeit ausschließt, daß sie damals noch existierten und erst später von den wilden Eingeborenen ausgerottet wurden«. Andererseits könnte die wiederholte Rede von einem »grimmen Schelch« im Nibelungenlied ein Hinweis darauf sein, daß dieses Tier lange genug lebte, um in diesem Stück Volksüberlieferung noch Erwähnung zu finden.

David zählte zu jener Art von Studenten, die Hervorragendes leisten, wenn die Aufgabe sie herausfordert, deren Leistungen aber deutlich abfallen, wenn sie sich langweilen. Früh schon legte er eine Leidenschaft für Schaustellungen an den Tag – er baute zum Beispiel mit Enthusiasmus Schuhschachtel-Dioramen mit Szenen aus dem Neolithikum oder aus dem Leben nordamerikanischer Indianer. Er liebte perspektivische Täuschungen, und vor allem begeisterte er sich für alles, was mit Lichtquellen im Kleinformat oder mit optischen Instrumenten zu tun hatte. Aber er war keineswegs ein Eigenbrötler. Seine Mutter erinnert sich, daß er im Gegenteil in frühen Jahren äußerst umgänglich, extrovertiert und gesellig war – ein richtiger Partylöwe.

Dann geschah etwas, worüber Wilson nur höchst ungern spricht; wenn er darüber Auskunft geben soll, wird er ganz schüchtern und kaut an seinen Worten (während er doch sonst zu nebulöser Redseligkeit neigt). »Ich weiß wirklich nicht, ob ich mich darüber auslassen möchte«, sagt er. »Es ist mir peinlich, und es ist schwer in Worte zu fassen, ohne daß es geschmacklos oder angeberisch klingt.

Aber da Sie danach fragen ... Gegen Ende der High-School-Zeit – ich war vielleicht siebzehn oder achtzehn – waren meine Eltern und meine Brüder eine Woche lang verreist, und ich war allein zu Hause, als ich aus heiterem Himmel, ohne ersichtlichen Grund, ein ganz unglaublich intensives psychisches – wie soll ich sagen? – Konversionserlebnis hatte. Tatsache ist, daß mir der Ablauf meines Lebens und der Sinn des Lebens im allgemeinen klar wurden. Einfach so, blitzartig. Zum Beispiel wußte ich, daß ich in der Erwerbswelt nichts verloren hatte. Das Erlebnis hatte einen religiösen Beigeschmack, allerdings nicht sehr ausgeprägt. Es war die intensivste Erfahrung meines Lebens, eine ganze Woche verbrachte ich in einer Mischung aus heiliger Scheu und Euphorie. Es war, als ob ich Anweisungen erhielte. Lieber Himmel – es widerstrebt mir, solche Dinge zu sagen! Nicht so sehr, weil es mir peinlich wäre. Ich möchte einfach nicht den Mächten, die dahinterstecken, unrecht tun. Und ich möchte auf keinen Fall beanspruchen, etwas Besonderes zu sein. Es war, als würde mir etwas gegeben, ein Geschenk oder auch ein Auftrag – der Umgang mit solchen Sachen verlangt unglaublich viel Behutsamkeit.

Ganz plötzlich stand mir, wenn auch nicht in Einzelheiten, vor Augen, wie mein Leben zwangsläufig verlaufen mußte, um zu dem hier, verstehen Sie«, er wies auf die Wände ringsum, »zu führen. Ich meine, für mich ist der Betrieb dieses Museums eine Dienstleistung, und diese Dienstleistung besteht darin – ich kann es gar nicht fassen, daß ich solche Sachen sage –, den Menschen Situationen zu bieten, ein Milieu für sie zu kultivieren, in dem sie sich wandeln können. Und das geschieht; ich habe erlebt, wie es geschieht.

Aber kein Zweifel, die Aufgabe wurde mir damals gestellt – in den allgemeinen Zügen war sie klar, auch wenn es dann noch extrem lange dauerte, bis ich imstande war, sie auszuführen; und die ganze Zeit über spürte ich, daß ich wartete, daß ich auf dem Waldboden herumtorkelte, desorientiert – wie diese Ameise.«

Er schwieg einen Augenblick und bat mich dann, von dem eben Erzählten nichts publik zu machen, jedenfalls nicht, bevor er Zeit gehabt hätte, sich die Sache noch einmal durch den Kopf gehen zu lassen. Natürlich versprach ich, mich seinem Wunsch zu fügen. (Letztlich aber war er, wenngleich widerstrebend, mit der Veröffentlichung einverstanden.) Ich bedeutete ihm, ich hätte nicht vor, irgendeine Art von Enthüllungsstory zu schreiben. Schließlich stelle er ja auch keineswegs, sagte ich, eine akute Bedrohung des Gemeinwesens dar ...

»Ach, ich weiß nicht«, unterbrach er mich lächelnd, aber gleichzeitig todernst. »Ich stelle mir gern vor, daß ich das bin.«

Davids Mutter bestätigt, daß er sich irgendwann in seinen letzten Schuljahren gewandelt habe, daß er ernster geworden sei; sie verrät sogar, daß es ihr vielleicht lieber gewesen wäre, wenn er der alte geblieben wäre: »Er war als Partylöwe sehr viel unterhaltsamer als in der Rolle des chinesischen Weisen.«

Nicht lange danach immatrikulierte er sich am Kalamazoo College in Michigan – einer kleinen, unabhängigen Hochschule, die sich an den Vorbildern Antioch, Oberlin und Reed orientierte; dort studierte er im Hauptfach Insektenkunde, mit Spezialisierung aufs urbane Milieu, und im Nebenfach Kunst. Am ersten Abend im College lernte er bei einer geselligen Square-dance-Veranstaltung Diana kennen.

»Ich bin all dieses Gerede vom Puck herzlich leid«, sagte

Diana einmal zu mir und bezog sich auf die Neigung der Presse, auf Davids gnomen-, elfen-, koboldhaften Zügen herumzureiten. »Ich habe also keine große Lust, selbst noch einen Beitrag dazu zu leisten. Aber was kann ich machen? An diesem ersten Abend – ich war siebzehn und hatte gerade meinen ersten vollen Tag am College hinter mir, und wir waren alle beim Square dance, und ich mache die Do-si-do-Figur und wende mich nach links und sehe mich diesem ... nun, diesem *Gnom* gegenüber. Dieser alte kleine Mann. Es war *gruselig*: er war erst neunzehn, aber irgendwie alterslos – oder besser, *gealtert*. Ich überwand aber meinen ersten Schrecken, und nach wenigen Tagen konnte ich bereits sagen, daß er auch der interessanteste Typ dort war, und binnen eines Monats wußte ich, daß er der Mann war, den ich heiraten würde.«

Ein paar Jahre später, 1969, in den letzten Wochen vor ihrem Abschlußexamen, heirateten sie dann tatsächlich. »Stimmt«, bestätigt David, »wir sind jetzt fünfundzwanzig Jahre verheiratet. Es ist unfaßbar – und glauben Sie mir, unfaßbar nicht zuletzt für uns selbst. Wir gehören eigentlich in eine unserer Vitrinen. Aber sie ist unvorstellbar«, fährt er fort, und die Ironielosigkeit bekommt einen feinen Riß: »Ich kann nicht begreifen, wie sie all das verkraftet.«*

Nach dem Abgang vom College zogen David und Diana nach Chicago, wo David praktisch sofort zum Militär einberufen wurde. Er stellte den Antrag, als Kriegsdienstverweigerer aus Gewissensgründen anerkannt zu werden, was, wie er sagt, »in Rekordzeit geschah. Sie warfen einen Blick auf mich, keine einzige Frage wurde gestellt, ich war

* Dieses Sternchen und alle folgenden beziehen sich auf die Anmerkungen, die sich hinten im Buch ab Seite 131 finden.

der Verweigerer aus dem Bilderbuch. Diana sagt, ich hätte damals etwas von einem religiösen Fanatiker an mir gehabt.« Während der nächsten zwei Jahre tat er als Pfleger abwechselnd Dienst auf der psychiatrischen Station und in der Notaufnahme des Krankenhauses der Universität von Colorado.

Nachdem dieses Kapitel beendet war, kauften er und Diana ein Grundstück in der abgelegensten Gegend des Berglands von Colorado und bauten sich dort mit eigenen Händen eine Blockhütte, in der sie es irgendwie mehrere Jahre lang aushielten – keine Elektrizität, kein fließendes Wasser, ein kilometerlanger Fußmarsch bis zur nächsten Straße, im Winter mußte das Lebensnotwendige auf Skiern durch metertiefen Schnee zur Hütte geschleppt werden. (»Wir bemühten uns verzweifelt, keine Yuppies zu werden«, erinnert sich David, »eine Möglichkeit, die sich damals schon deutlich am Horizont abzeichnete.«) Und doch gelang es ihnen, den primitiven Verhältnissen zum Trotz, Einstellung für Einstellung und Szene für Szene einen ganzen Zeichentrickfilm zu produzieren (David hatte in seinem letzten Jahr in Kalamazoo angefangen, sich für Film zu interessieren), aufgrund dessen David im Jahr 1974 die Zulassung zur neueröffneten Kalifornischen Kunstakademie bekam. (Wenige Wochen nachdem sie sich dort eingefunden hatten, erhielten sie die Nachricht, daß der Mieter, dem sie die Blockhütte überlassen hatten, sie unabsichtlich in Flammen hatte aufgehen lassen. »Wahrscheinlich das Beste, was uns je passiert ist«, gestand Diana. »Wir brauchten nie mehr dahin zurück.«)

Die Kalifornische Kunstakademie war damals eine Brutstätte formalistischer, avantgardistischer Filmproduktionen der coolsten, strengsten Fasson; David Wilson erwarb sich rasch den Ruf, zu den coolsten und strengsten

Filmemachern zu gehören. In den Folgejahren wurde er zu einem wichtigen Mitglied des Filmoase-Kollektivs in Los Angeles und produzierte regelmäßig Kurzfilme von geradezu quälender Reinheit. Zufällig sah ich vor Jahren einen davon bei einer Filmvorführung des Kollektivs. Ich war völlig entgeistert, als ich bei einer unserer Unterhaltungen von David erfuhr, daß er ihn gedreht hatte, denn der Film hatte mich lange, lange beschäftigt. Er trug den Titel *Stasis* und dauerte nur dreizehn Minuten. Wilson war offenbar aufs Land hinausgegangen und hatte eine Fernaufnahme von einem Gebirgsbach gemacht. Mit dem Tele-Zoom holte die Kamera das Objekt zuerst ganz nahe heran, so daß der Bach und einige überhängende Zweige das Bild vollständig ausfüllten. Während der folgenden Minuten ging die Kamera unendlich langsam zurück, bis am Ende das Objektiv wahrscheinlich den ganzen weiten Horizont erfaßte und der Bach und die Bäume zu einem winzigen, ununterscheidbaren Fleck in der Mitte des Bildes zusammengeschrumpft waren. Im Fotolabor aber hatte sich David mit besessenem Fleiß über den Umkopierer gebeugt und in einem vermutlich Monate dauernden Arbeitsgang aus jeder einzelnen Aufnahme die ursprüngliche Anordnung von Bach und Baum herausgeschnitten und das Bild dann so weit vergrößert, daß es wieder die ganze Leinwand füllte. Der Effekt war, daß man in der Endfassung des Films verfolgen konnte, wie sich das scharfe, klare, *reale* Bild auf unfaßliche Weise nach und nach in schieres Licht und Korn auflöste – ein faszinierendes Erlebnis.

David war ebenso verblüfft darüber, daß ich den Film gesehen hatte, wie ich selbst. »Nun«, sagte er, »diese Art von Unternehmen war für einen mikroskopischen Bruchteil der Bevölkerung in einem bestimmten Augenblick in

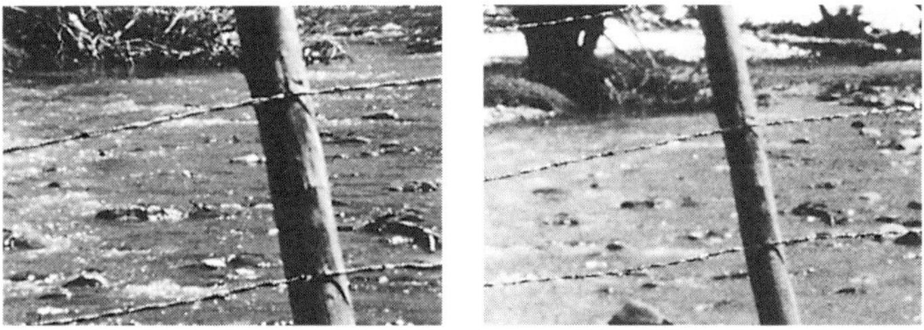

Erste und letzte Aufnahme von David Wilsons Film Stasis

beschränktem Maß von Bedeutung. Aber letztlich war klar, daß ich damit den Auftrag, den ich erhalten hatte, nicht erfüllen konnte.« Diana ihrerseits erklärte kurz und bündig: »Diese Filme waren nicht David.« Vor allem hätten sie sich im selbstgewählten Ghetto einer elitären formalistischen Kulturszene totgelaufen, während David doch im Gegenteil heftig bestrebt gewesen sei, eine weit umfassendere und vielfältigere Klientel zu erreichen (»zu bedienen«). (Zu den Eigenschaften, die David an den Museen in Denver am meisten schätzte, gehörte ihr *öffentlicher* Charakter, die Art, wie sie jedermann offenstanden.) Dennoch spürt man im nachhinein, daß eine gewisse Kontinuität zwischen jenen frühen Filmen Davids und den neueren Emanationen seiner Berufung besteht. Natürlich denkt man an die Faszination, die optische Effekte und Apparate auf ihn ausüben. Aber vor allem ist da das Gefühl der Faszination selbst. Während indes in seinen Filmen nur erst die reine Form der Darstellung faszinierte, hat er es in der Folge geschafft, das gleiche Niveau sprachloser, ungläubiger Verblüffung auch durch die Manipulation von Inhalten zu erreichen. Ob man *Stasis* anschaut oder vor der Vitrine mit der Stinkameise steht, hier wie dort bleibt einem fast der Mund offenstehen; der Unterschied ist nur, daß David zu dem Zeitpunkt, als er seine Museumsvitrinen schuf, einen Weg gefunden hatte, das Gefühl der Faszination mit einem merklichen Schuß Irritation zu würzen.

Während der siebziger Jahre und bis in die achtziger hinein drehte David weiter seine formalistischen Filme, und auch wenn er mit ihnen offensichtlich nichts verdiente, konnten er und Diana dennoch ein höchst angenehmes Leben führen, weil sie nebenher im Umfeld der Filmindustrie genug Geld mit anspruchsvoller und hochspezialisierter Kameraarbeit (etwa mit bewegungsgesteuerter automatischer Animation) einnahmen. (So machten sie Fernsehwerbespots, Spezialeffekte, Industriefilme, Reklamestreifen für Public-Relations-Kampagnen.) »Das war die Art von Arbeit, mit der man sechs Monate im Jahr zubringt und von der man dann das nächste halbe Jahr bequem leben kann«, sagt David. »Und sie hat mir sogar Spaß gemacht. Vom technischen Standpunkt war sie durchaus reizvoll und interessant. Aber es war nicht die Sorte Arbeit, die einem das Gefühl gibt, auf der richtigen Seite zu stehen. Das Problem waren nicht so sehr die Leute, für die zu arbeiten man sich gezwungen sah, auch wenn das einen manchmal schon ins Grübeln bringen konnte – einmal erhielten wir einen Industrieauftrag von einem der Kohlenrevierschurken in Harlan County; das Problem war vielmehr die Art, wie wir ständig dazu beitrugen, das Wahrnehmungsfeld der Menschen einzuengen, und das Gefühl, daß von den Themen her ... Tatsache ist, daß man bei dieser Arbeit die Themen der Aufträge an den Fingern einer Hand abzählen kann.«

In dieser Zeit jedoch eröffnete sich bereits die Möglichkeit zu seinem anderen Leben. Im Jahre 1980 trat Terry Cannon, Leiter des Pasadena-Filmforums, des Haupttreffpunkts der Avantgarde in der Gegend, mit einem Vorschlag an David heran: Das Theater bleibe im Sommer geschlossen; er könne David das Foyer überlassen, und er solle es nach Belieben nutzen. Mit ungeheurer Begeisterung nahm David die Herausforderung an und schuf eine Reihe von vier außerordentlich sinnträchtigen, traumhaften Schaukasten-Dioramen, an deren Vorderseite jeweils eine stereoskopische Betrachtungsapparatur angebracht war, eine Nachbildung der katoptrischen Kamera (auch Strahlspaltungskamera genannt). Der Besucher konnte das Diorama durch einen Sucher betrachten, in den David mittels einer komplizierten Anordnung von Prismen und Spiegeln paßgenau eine frei schwebende Bildschleife (man denke an die Brücke über die Iguaçufälle) hineinzuprojizieren vermochte, zum Beispiel von einem Engel, der vor der flaumigen Wolkenlandschaft des Dioramas auf geheimnisvolle Weise auftauchte und wieder verschwand. Das Foyer war für das Publikum tagsüber geöffnet, und wer zufällig vorbeikam, konnte an der Erfahrung teilhaben oder auch nicht. Viele wollten teilhaben, und zwar die unterschiedlichsten Leute: die Sache sprach sich auf unglaubliche Weise herum. Wie David rasch erkannte, kam dies einer Erfüllung seines Auftrags erheblich viel näher, und er schuf immer weitere Kabinettstücke dieser Art und lieh sie gegen eine Pachtgebühr an verschiedene kuriose Einrichtungen aus.

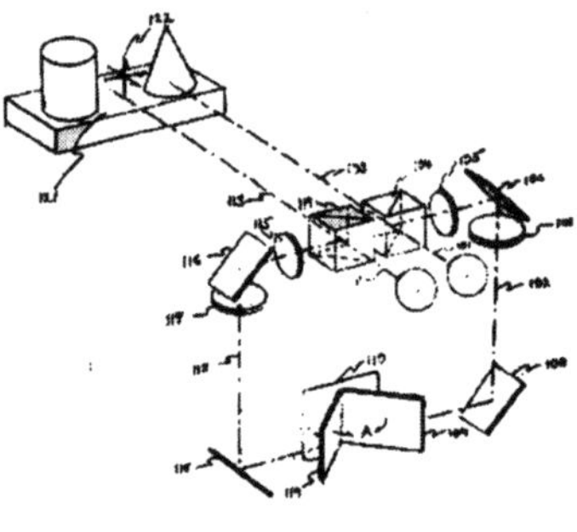

Strahlspaltungskamera

Und an dieser Stelle wird Davids Bericht langsam verschwommen. Seine eigene Biographie und die des Museums fließen ineinander. Die Thums tauchen auf, wobei Terrys Frau das Verbindungsglied bildet, Mary Rose Cannon, von der unklar bleibt, ob sie Gerard Billius' Enkelin ist oder nicht.* Nach wenigen Jahren schon sollte David seine Schaufensterfront in Culver City besitzen, aber bis dahin fand noch ein munterer Bildwechsel – ein katoptrischer Gestaltenreigen – statt, und es ist nicht ganz leicht, eine exakte Darstellung der Vorgänge zu erhalten, jedenfalls nicht von David.

Diana ihrerseits erzählt, wie David sie im Jahre 1984 – kurz bevor sie schwanger wurde, in der Zeit, als sie auf den Zulassungsbescheid zum Hauptstudium wartete – eines Tages mit dem Auto von einem Tai-Chi-Kurs abholte. Er ließ sie einsteigen und drückte ihr ein Blatt Papier in die Hand, auf das er die Worte »Museum für Jurassische Technik« gekritzelt hatte.

»Was ist das?« fragte Diana. »Dein Lebenswerk?«

Er lächelte nur.

In den ersten paar Jahren existierte das Museum für Jurassische Technik nur in der Form von »Leihgaben aus der Sammlung«, die in diversen Galerien, Museen und Gemeindezentren zu sehen waren – einen eigenen Stützpunkt hatte das Museum nicht. Eines Tages dann, vor etwa sieben Jahren, bemerkte David auf der Heimfahrt von dem in Culver City gelegenen Studio, in dem er sein anderes berufliches Leben führte, daß ein nahe gelegener Laden, auf den er schon länger ein Auge geworfen hatte, leer stand. (Der Laden hatte vorher als Fabrikationsstätte für Feuerwerkskörper, als Verkaufsraum für Schaffelle und zuletzt als zusätzlicher Lagerraum für das benachbarte gerichtsmedizinische Laboratorium gedient.) David unterschrieb auf der Stelle einen Mietvertrag und wurde Herr über 170 Quadratmeter. (»Als wir einzogen«, erinnert er sich, »mußten wir Tausende von kleinen Wachsklötzchen beseitigen, in die Proben von menschlichen Körpern eingelagert waren.«) Binnen weniger Monate hatte er seine Exponate aus der Diaspora zurückgeholt und wieder zusammengeführt und die erste Ausstellung arrangiert; ohne Trara und Brimborium hängte er draußen das Transparent auf und öffnete die Pforten.

Gelegentlich schneiten Passanten herein. Manche gingen gleich wieder, aber andere blieben und sahen sich fest. David erzählt von einem Besucher, der sich lange hinten bei den Exponaten aufhielt, dann wiederauftauchte und fast ebensoviel Zeit damit verbrachte, den Bleistiftspitzer auf dem Schreibtisch zu betrachten. »Es war ein ganz normaler Bleistiftspitzer«, versichert mir David, »er war nicht als Exponat gedacht. Aber der Mann konnte einfach nicht genug davon kriegen.« Und er erzählt noch eine Geschichte von einem alten Herrn aus Jamaika namens John Thomas, der sich ebenfalls lange in den hinteren Räumen aufhielt und in Tränen aufgelöst zurückkam. »Er sagte: ›Ich weiß, daß dies hier ein Museum sein soll, aber auf mich macht es mehr den Eindruck einer Kirche.‹« David scheinen beide Geschichten gleichermaßen – und fast in gleicher Weise – zu rühren. (Wenn man so will, ist es ja auch ein und dieselbe Geschichte.) Gelegentlich fühlen sich Besucher bewogen, dem Museum beträchtliche finanzielle Zuwendungen zu machen; an einer Wand im Vorraum befindet sich eine gemeißelte Ehrenurkunde, auf der die Beiträge dieser Mäzene mit der gleichen Mischung aus Parodie und Andacht gewürdigt werden, die für fast alles in diesem Museum typisch ist. Besucher haben sich erboten, hinter dem Schreibtisch Wache zu halten oder bei der Anfertigung neuer Ausstellungsstücke mitzuhelfen. Wenn David über das Museum redet, weist er beständig die Urheberschaft von sich: er redet nur von »unseren« Zielen und von den Dingen, die »wir« als nächstes vorhaben. Zum Teil handelt es sich um eine seiner typischen Selbstverleugnungsstrategien, aber Tatsache ist auch, daß durch das Museum eine Gemeinschaft entstanden ist – oder daß es eigentlich nicht mehr darum geht, was sich »in« David selbst abspielt, sondern darum, was »zwischen« ihm und der Welt geschieht.*

Daß die Einrichtung überhaupt Monat für Monat weiterbesteht, ist nicht das geringste der Wunder, mit denen aufgewartet wird. »Das Museum existiert gegen alle Wahrscheinlichkeit«, äußerte David mir gegenüber. »Dieses Unternehmen wird durch nichts gestützt – es hängt an einem dünnen Faden. Wir haben uns um Förderung bemüht und haben ein bißchen was bekommen, aber die meisten Stiftungen, die Zuschüsse vergeben, können sich einfach keinen Reim auf uns machen. Wir passen nicht in das herkömmliche Schema.« (Ich habe einige dieser Anträge auf Fördermittel gesehen und bin nicht sicher, wie ich darauf reagieren würde: Wie gesagt, David verläßt nie die Ebene der Ironie; er stellt in diesen Anträgen das Museum stets als eine einfache, der Volksbildung dienende Einrichtung der üblichen Art dar, nur mit einem unüblichen Maß an Begeisterung und mit – wenn ich die Formulierung eines Gutachters aufgreifen darf, der den Sachverhalt mit ausgesuchter Feinfühligkeit auf den Punkt gebracht hat – einer Vorliebe für »Phänomene, die der Wissenschaft, wenn überhaupt, so nur dank des Museums bekannt sind«.) Der Finanzhaushalt des Museums liegt derzeit bei ungefähr 50000 Dollar im Jahr (die Monatsmiete beträgt 1800 Dollar, Gehälter werden nicht gezahlt). Und wenngleich David zunächst einen beträchtlichen Teil seiner anderweitigen Einkünfte in das Museum steckte, so ist das immer weniger geworden, zum Teil deshalb, weil er mehr und mehr Zeit im Museum selbst verbrachte, zum Teil aber auch, weil die unerbittliche Computerisierung der Filmindustrie seine Palette hochentwickelter Spezialisierung mittlerweile hat überflüssig werden lassen. Ob es Augenblicke gegeben habe, fragte ich ihn kürzlich, wo er mit seiner Familie an der Schwelle zum Armenhaus gestanden habe? »Aber sicher«, antwortete er lachend. »Jetzt zum Beispiel.«

»Ich habe keine Ahnung, wie wir es bisher geschafft haben und wie es überhaupt weitergehen kann«, erklärte Diana mir eines Tages. Formell ist sie Schatzmeisterin des Museums und zuständig für die Buchführung; sie räumt allerdings ein, daß sich diese offizielle Funktion häufig in hysterischen Heiterkeitsausbrüchen erschöpft. »Ich habe einfach diesen Märchenglauben an Rettung in letzter Minute entwickelt. Am Anfang eines jeden Monats scheint es immer ausgeschlossen, daß wir bis zum Monatsende durchhalten können, aber irgendwie ergibt sich dann immer etwas – eine kleine testamentarische Zuwendung, ein unverhofft bewilligter Zuschuß, ein leichter Anstieg in den Einnahmen durch Besucher. Tatsächlich nähern wir uns gerade dem Punkt, an dem die Eintrittsgelder die Miete abdecken. Aber David treibt's immer wieder auf die Spitze. Vergangenes Jahr ließ er dieses andere Unternehmen Bankrott machen und verdoppelte *am selben Tag* den Umfang des Museums – und das Verrückte ist, *ich war damit einverstanden, daß er das tat!* Es war richtig, daß er es machte. Und wir hatten Glück, denn fast sofort danach wurde mir das Auto gestohlen; so konnten wir die 6750

Dollar, die uns die Schadenregelung einbrachte, in das Museum stecken.«

Sie schwieg einen Augenblick. »Aber es ist seltsam: Vor nicht einmal zehn Jahren rangierten wir an der Spitze der gehobenen Mittelschicht. Kürzlich fragte mich unsere Tochter DanRae: ›Mami, sind wir arm?‹ Ich sagte: ›Jawohl, aber nicht hoffnungslos.‹«

DanRae wirkt übrigens ganz und gar nicht verängstigt. Die Neunjährige strahlt in dem Maße unbekümmertes Selbstvertrauen und Unerschrockenheit aus, in dem ihre Eltern quälende Schüchternheit und Selbstverleugnung an den Tag legen. Sie ist außerdem *groß*. »Ist mir schleierhaft«, sagt David lachend, als ich ihn frage, wie sich diese Diskrepanz erklären läßt. »Manchmal ergeben zwei Negative vielleicht ein Positiv.« (Ihr voller Name lautet Daniela Rae. »›Rae‹ heißt sie nach Dianas Vater Raymond, der starb, als Diana noch ein junges Mädchen war«, erklärt David. »›Daniela‹ heißt sie nach Joseph McDaniels, dem Gynäkologen, der Diana eröffnete, sie würde nie Kinder bekommen können. Großartiger Mann. Hat sich nur in diesem besonderen Fall geirrt.«) Mir ist erzählt worden, wie sich DanRae fünf Jahre zuvor in den abgedunkelten hinteren Nischen des Museums zu ausgedehnten Nickerchen auf dem Boden zusammenzurollen pflegte. Heute tollt sie durch das Museum, als ob es ihr gehörte. Wenn sie in der Schule gefragt wird, was ihr Vater mache, antwortet sie kurz und bündig: »Ach, er hat ein Museum.« Oft bringt sie Klassenkameraden mit, um sie herumzuführen. Eines Tages begleitete sie mich durch die Räume und erklärte mir, welche Exponate echt cool seien und welche, ehrlich gesagt, ganz schön langweilig. Sie zwängte sich zwischen den Glaswänden hindurch in die Vitrine mit dem *deprong mori*, um mir einen besonders duften Käfer aus einer

Schublade in Bernard Mastons tragbarem Schreibtisch zu zeigen. Im Madalena-Delani-Raum deutete sie auf eines der Perlenarmbänder der Diva, die in der Vitrine lagen, und vertraute mir an: »Das war mein Halsband, als ich ein Baby war.« Für sie ist das MJT das Natürlichste von der Welt.

EINES MEINER LIEBLINGSEXPONATE im Museum für Jurassische Technik, das »Fruchtkern-Schnitzwerk«, besteht aus einem schlichten Glaskasten, der in Augenhöhe an der Wand hängt. Drinnen sieht man auf einem dünnen Stabpiedestal, tadellos ausgeleuchtet, einen – nun, ich denke, irgendeinen Obstkern. Er hat die Größe eines Pfennigs und sieht so aus, als hätte jemand aufs Geratewohl an ihm herumgeschnitzt. Genaueres läßt sich nicht feststellen: eine Vergrößerungsvorrichtung ist nicht vorhanden. An einem anderen dünnen Dorn, der aus der Wand ragt, ist

Obstkernschnitzerei im MJT

ein winziger quadratischer Spiegel montiert, so daß man die Rückseite des ausgekehlten Obstkerns sehen kann. Der Text dazu lautet folgendermaßen:

> Mandelkern(?): Auf der Vorderseite ist eine flämische Landschaft eingeschnitzt, in der ein bärtiger Mann sitzt, der ein Birett, ein langes Gewand klassischen Zuschnitts und dicksohlige Schuhe trägt; zwischen seinen Knien hält er eine Viole, und er stimmt gerade eine ihrer Saiten. In der Ferne sind Tiere dargestellt, darunter ein Löwe, ein Bär, ein Elefant, auf dem ein Affe reitet, ein Eber, ein Hund, ein Esel, ein Rothirsch, ein Kamel, ein Pferd, ein Stier, ein Vogel, eine Ziege, ein Luchs und eine Gruppe Kaninchen – letztere unter einem Zweig, auf dem eine Eule, ein weiterer Vogel und ein Eichhörnchen sitzen.
> Auf der Rückseite sieht man eine ungewöhnlich grausame Kreuzigungsszene, mit einem Soldaten zu Pferde, Longinus, der mit einer Lanze Christi Seite durchbohrt; über dem Kreuz ist ein Schild mit der Inschrift *INRI* angebracht. Geriffelter Untergrund.
> *Abmessungen:* Länge 13 mm; Breite 11 mm.

Mag sein. Genaueres läßt sich, wie gesagt, schwer feststellen: es sieht aus wie ein normaler Obstkern. Man wünschte sich eine Vergrößerungsvorrichtung; wenn ich allerdings an das Okular gleich um die Ecke denke, das die Iguaçufälle mit ihrer katoptrischen Phantombrücke zeigt, bin ich nicht sicher, ob man selbst dann dem eigenen Augenschein trauen könnte.

Das war zweifellos bei einem anderen Ausstellungsobjekt der Fall, das kürzlich im Museum zu sehen war; es umfaßte dreißig zylindrische Behälter aus Acrylharz, in denen jeweils eine einzelne Nähnadel unter einem fünfundzwanzigfachen Vergrößerungsglas montiert war. Den Texttafeln zufolge war innerhalb oder längsseits des Öhrs jeder Nadel eine Mikrominiaturfigur aufgehängt. Und tatsächlich, wenn man durch die Okulare blickte, konnte man unter anderem Rotkäppchen erspähen, einen ent-

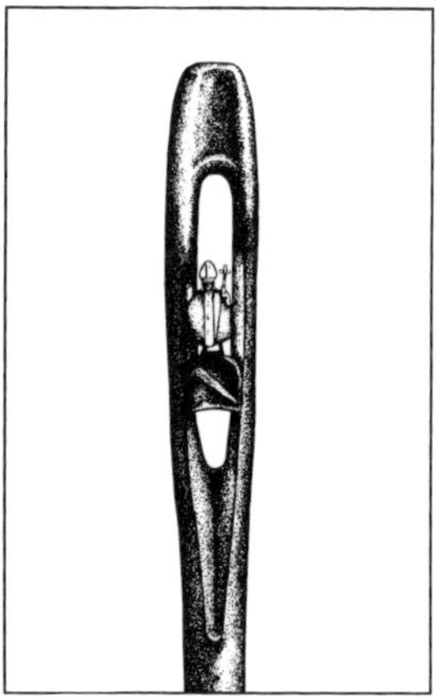

Zeichnung der Mikrominiaturskulptur von Hagop Sandaldijan, die Papst Johannes Paul II. zeigt

schlossen dreinblickenden Napoleon, Donald Duck (mit orangefarbenem Schnabel, blauer Jacke und gelben Entenfüßen), einen winkenden Johannes Paul II. in vollem päpstlichem Ornat, Schneewittchen mit allen ihren sieben Zwergen (Mikrominiaturzwergen, versteht sich). Es gab sogar eine Christusfigur, die an einem goldenen Kreuz hing. Eines der Stücke hatte dem ganzen Exponat den Namen gegeben. Es trug den Titel »Ein Segenswunsch auf einem Stück Haar«, und der Begleittext behauptete, der Künstler habe den Wunsch in ein Haar vom eigenen Kopf eingeritzt. Tatsächlich sah man ein Haar und konnte deutlich darauf lesen: »Mögen all deine Träume in Erfüllung gehen.«

Den Erläuterungen an der Wand zufolge waren diese Arbeiten das Werk eines einzigen Mannes, eines emigrierten sowjetisch-armenischen Geigenlehrers, der den unwahrscheinlichen Namen Hagop Sandaldjian trug und sie in mühsamer Kleinarbeit unter dem Mikroskop aus

Staubkörnchen, Baumwollfusseln und einzelnen Haaren herauspräpariert haben soll; benutzt habe er selbstgebastelte Werkzeuge (in der Hauptsache ausnehmend feine Nadeln mit dem Abrieb von Rubinen und Diamanten als Spitze); danach habe er sie mittels winziger Farbmengen in feinster Verteilung koloriert, wobei er Pinsel verwendet habe, die aus einem einzigen Haar bestanden. Als ich mich bei David nach Sandaldjian erkundigte, bestätigte er mir, dieser müsse »ein Mann mit einer sehr ruhigen Hand« gewesen sein. Er behauptete sogar, kurz mit ihm bekannt gewesen zu sein, nachdem er von seiner Existenz durch einen Besucher des Museums erfahren habe. Er habe daraufhin Sandaldjian in dessen Bleibe im Montebello-Bezirk im Osten von Los Angeles mehrfach besucht; aber kaum habe er den Entschluß gefaßt, die Skulpturen im Jurassischen Museum auszustellen, und Sandaldjian deshalb anrufen wollen, habe er von dessen Sohn erfahren, daß der Meister knapp zehn Tage zuvor gestorben war. Die Ausstellung fand natürlich trotzdem statt.

Sie war mittlerweile abgesetzt und hatte einer nicht minder umwerfenden Darbietung Platz gemacht, die angeblich den neuesten Entwicklungen in der Mikrotechnik gewidmet war. »NANOTECHNIK«, wurde auf der Tafel an der Wand verkündet, »Maschinen im mikroskopischen Bereich« – und eine Reihe von Mikroskopen, die auf einem langen Tisch montiert waren, gewährten den Besuchern sogleich Einblick in Phänomene, die allem Anschein nach genau das einlösten, was die Beschriftungen versprachen: da waren ein Taumelscheibenmotor, eine Mikrofeder, ein mikrogefertigtes Verbundgetriebe (»ein Getriebezahn hat etwa die Größe eines roten Blutkörperchens«), ein elektrostatischer Motor und sogar ein Mikrowindkanal. In den Begleittexten wurden diese Errungenschaften ver-

Ein Nanotechnik-Beispiel: Drucksensoren auf einem Stecknadelkopf

schiedenen Erfindern zugeschrieben, zum Beispiel einem gewissen »Yu Chong Tai, California Institute of Technology« oder einem »A. Bruno Frazier, Georgia Institute of Technology« – aber wie gesagt, verlassen konnte man sich darauf nicht.

Oder jedenfalls ich konnte es nicht. Also rief ich das California Institute of Technology an und fragte in der zentralen Vermittlungsstelle nach Yu Chong Tai, und tatsächlich wurde ich durchgestellt, und eine Stimme, die sich zu dem besagten Namen bekannte, bestätigte, was ich mit meinen Augen gesehen hatte. »Und das ist noch längst nicht alles«, versicherte mir die Stimme.* Dieses Gespräch wiederum weckte in mir Zweifel an den Zweifeln, die mir zuvor der dubiose Sandaldjian eingeflößt hatte. Ich rief die Auskunft in Montebello an, und es stellte sich heraus, daß eine Familie dieses Namens tatsächlich dort wohnte. Das Ganze endete damit, daß ich Levon, den Sohn des Meisters, an der Strippe hatte, der mir versicherte, daß es in ihrem Heimatland Armenien tatsächlich so etwas wie eine Tradition in der Mikrominiaturkunst gebe (ihm waren zwei oder drei vergleichbare Fälle bekannt), daß aber seines Wissens sein Vater der weltweit einzige Mikrominiatur-*Bildhauer* gewesen sei. »Er wartete, bis es spätnachts war«, sagte Levon, »und wir Kinder im Bett lagen und das Dröhnen von den nahe gelegenen großen Verkehrsstraßen verebbt war. Dann beugte er sich über sein Mikroskop und stimmte seine Handgriffe zeitlich so ab, daß sie zwischen die einzelnen *Herzschläge* fielen – er arbeitete in solch unendlich kleinen Dimensionen, daß er an dem Zittern der Instrumente, mit denen er arbeitete, die Tätigkeit seines eigenen Pulses ablesen konnte.«

DIE FRÜHESTEN MUSEEN, jene ursprünglichen Sammlungen des 16. und 17. Jahrhunderts, wurden manchmal als Wunderkammern bezeichnet; mir wird klar, daß es sich beim Museum für Jurassische Technik insoweit um einen würdigen Nachfahren dieser Wunderkammern handelt, als bei ihm das Wunderbare das alles verbindende Thema ist. (»Zum Teil«, erklärte mir David, »besteht die mir zugewiesene Aufgabe darin, die Menschen wieder in die Welt des Wunders einzuführen.«) Aber es handelt sich um eine ganz bestimmte Art von Wunder: mit einer Neigung zum Umkippen. Der Besucher des Museums für Jurassische Technik ist ständig hin- und hergerissen zwischen Bewunderung und Verwunderung, zwischen dem Staunen *über* (die Wunder der Natur) und dem Zweifel, *ob* (dergleichen überhaupt möglich ist). Und genau dieses Hin- und Hergerissensein, die Fähigkeit zu solch köstlicher Konfusion, stellt vielleicht – das scheint Wilson manchmal andeuten zu wollen – den himmlischsten, wunderbarsten Zug am menschlichen Dasein dar.

KÜRZLICH HATTE ICH Gelegenheit, darüber mit John Walsh zu sprechen, dem Leiter des Getty-Museums, einem weiteren Bewunderer des MJT. Wir unterhielten uns über Wunderkammern und einige andere Vorläufer des Museums. »Die meisten der institutionell-historischen Anspielungen in Wilsons Museum stellen sich als wahr heraus«, erzählte mir Walsh. »Es gab tatsächlich ein Musaeum Tradescantianum und einen John Tradescant – oder vielmehr zwei, einen älteren und einen jüngeren; im siebzehnten Jahrhundert richteten sie ein Kabinett ein, das für seine kunterbunte Sammlung berühmt war, ›The Ark‹ hieß und sich im Londoner Stadtteil Lambeth befand, am Südufer der Themse; die Sammlung fiel zum größten Teil an Elias Ashmole, der noch weitere Stücke hinzufügte und dann alles zusammen der Universität Oxford vermachte, wo die Exponate den Grundstock der Ashmoleschen Sammlung bildeten. Es gab einen Swammerdam in Holland, und in Kopenhagen gab es einen Ole Worm mit seinem Museum Wormianum; Charles Willson Peale hatte in Philadelphia tatsächlich ein Museum, dem Benjamin Franklin den Kadaver seiner Angorakatze vermachte und in dem man auch das riesige Skelett eines kurz zuvor ausgegrabenen Mastodons bewundern konnte oder mechanische Apparaturen wie das Eidophusikon, das Frühformen des Films zeigte.«

Seit der späten Renaissance«, fuhr Walsh fort, »sind diese Arten von Sammlungen immer als Kunst- und Wunderkammern bezeichnet worden. Strenggenommen umfaßt der Begriff Sammlungen eines Typs, der heute praktisch verschwunden ist – abgesehen vielleicht vom Jurassischen Museum; gezeigt wurden Naturwunder zusammen mit Kunstwerken und mit verschiedenartigen einfallsreichen Schöpfungen von Menschenhand. Erst viel später, im neunzehnten Jahrhundert, fand die Aufteilung in jeweils eigene Kunstgalerien, naturkundliche Sammlungen und Technikmuseen statt. In den früheren Sammlungen dagegen sah man die Wunderwerke Gottes und die des Menschen einträchtig nebeneinander: beide erschienen als

Aspekte ein und derselben Sache, nämlich des Wunders der Schöpfung.«

Ich fragte Walsh nach den Reliquien und Kuriositäten, die zusammen mit den rechtens aufgenommenen Exponaten in solchen Sammlungen zu landen pflegten: dem Barthaar Noahs, der Planke von der Arche, den Frauenhörnern. Ich erwähnte, ich sei schon immer der Meinung gewesen, daß einige der frühen Museumsleute sich mit der Aufnahme dieser Dinge einen Scherz erlaubt hätten.

»Also, in der historisch-kritischen Forschung des zwanzigsten Jahrhunderts gibt es eine große Branche, die sich vornehmlich damit beschäftigt, früheren Epochen ironische Absichten zu unterstellen. Nein, nein, ich glaube nicht, daß sie im entferntesten ironisch waren. Es war ihnen todernst damit.«

Bei einem meiner letzten Besuche in Los Angeles unterhielt ich mich eines Nachmittags im Hinterzimmer des Museums mit David. Das Museum war an diesem Werktag geschlossen, und David hatte mir Dias von völlig unbekannten, nie zuvor ausgestellten Bildern gezeigt, die jemand gemalt hatte, der nach Davids Angaben ganz zurückgezogen lebte und an den verheerenden Auswirkungen der multiplen Sklerose litt: die Bilder zeigten gestaltenreiche, phantastische Ansichten von verblüffender Kompliziertheit. Er dachte daran, sie in eine Ausstellung aufzunehmen. Die Unterhaltung wandte sich Sandaldjian zu. In einem Gedankensprung kam ich auf die Talmudgeschichte von den sechsunddreißig Gerechten zu sprechen – daß es stets sechsunddreißig moralisch integre Menschen auf der Welt gibt, die vielleicht nicht einmal selbst von ihrer Zugehörigkeit zu der Gruppe wissen, um derentwillen Gott Abstand davon nimmt, den Scherbenhaufen, in den wir seine Schöpfung verwandelt haben, vollends zu zerstören. Möglich, meinte ich, daß es auch sechsunddreißig Gerechte auf *ästhetischem* Gebiet gibt.

David sah mich aufrichtig verständnislos an. »Die Unterscheidung verstehe ich nicht«, erklärte er.

Er schwieg für einige Augenblicke, und wieder einmal gab es für kurze Zeit einen Riß in seiner Ironielosigkeit. »Wissen Sie, bestimmte Merkmale dieses Museums lassen sich sehr leicht ablösen, aber hat man diese relativ losen Schichten entfernt, ist die Realität dahinter noch verblüffender als alles, was jene ersten Schichten zu sein vorgeben. Die ersten Schichten sind nur ein Filter ...« *

Er schwieg erneut für einige Augenblicke, und ich konnte genau spüren, wie der Riß sich schloß und die Fassade aus Ironielosigkeit sich wieder in der alten Unversehrtheit präsentierte.

Ich erwähnte die Stinkameise.

»Sehen Sie«, sagte er, »das ist ein gutes Beispiel für die Sache mit den Schichten. Denn auf der einen Ebene dient dieses Exponat als reine Information, stellt schlicht und einfach eine unglaublich spannende Fallstudie in Sachen Symbiose dar, eine von diesen Anpassungsleistungen, die so merkwürdig und genial und wunderbar sind, daß sie einen fast schon am Prinzip der natürlichen Auslese zweifeln lassen. Sind zufällige Mutationen, die sich über geologische Zeiträume erstrecken, wirklich ausreichend, um dieses Phänomen und so viele andere ähnlich großartige Erscheinungen zu erklären? Die Natur übersteigt in ihrer Unfaßlichkeit jegliche Vorstellungskraft.

Aber auf einer anderen Ebene«, fuhr David fort, »reizte uns an diesem besonderen Fall, daß er so sinnbildhaft wirkte. Das ist ein anderer unserer Wahlsprüche hier im Museum: ›*Ut Translatio Natura*‹ – Die Natur als Metapher. Ich meine, es gab Zeiten in meinem Leben, da habe ich mich haargenau wie diese Ameise gefühlt – gezwungen, regelrecht besessen, Dinge zu tun, die allem gesunden Menschenverstand hohnsprachen. Diese Ameise bin ich. Hätte ich sie frei erfunden, ich hätte für mein eigenes Leben kein besseres Sinnbild finden können.«

»Aber David«, wollte ich sagen (ich tat es nicht), *»Sie haben sie doch frei erfunden!«*

NICHT LANGE DANACH, als ich wieder daheim in meinem Büro saß, unterhielt ich mich wegen einer völlig anderen Sache am Telefon mit Tom Eisner, dem angesehenen Biologen vom Cornell College in Iowa. Irgendwann sprach er beiläufig von einer Reise nach Italien, die er vor vielen Jahren gemacht hatte, und erzählte, wie ihn beim Aufenthalt in Pavia ein Kollege durch das alte Museum der ehrwürdigen Universität geführt hatte. Als sie in den hinteren Räumen herumstöberten, förderte der Kollege einen Glasbehälter zutage, in dem irgendwelche Organe in einer trüben Flüssigkeit auf und ab trieben. »›Was das hier ist, erraten Sie nie‹, sagte mein Freund herausfordernd«, berichtete Eisner, »und ich versuchte es auch gar nicht erst. ›*Der Schwanz und die Eier von Lazzaro Spallanzani!*‹« Ich weiß nicht, ob Eisner mein Schweigen am anderen Ende der Leitung entsetzter Verblüffung oder wortkarger Ignoranz zuschrieb, wahrscheinlich (und mit Recht) letzterer. »Spallanzani war einer der großen frühen Naturforscher«, ergänzte er hilfreich. »Achtzehntes Jahrhundert. Er isolierte zum Beispiel als erster Spermatozoen in der Samenflüssigkeit, führte einige großartige Experimente zur Verdauung im Magen durch (er ließ kleine Fleischstücke, die er an einen Faden gebunden hatte, von verschiedenen Raubvögeln fressen, gab vom Faden nur die entsprechende Länge der Strecke bis zum Magen frei und zog dann den Faden ohne das Fleisch, das sich vollständig aufgelöst hatte, wieder heraus, womit er bewies, daß die Verdauung zum großen Teil im Magen vor sich geht und nicht im Gedärm, wie man vorher geglaubt hatte), alle möglichen tollen Sachen.

Jedenfalls berichtete mir mein Kollege, wie Spallanzani während einer der Belagerungen von Pavia – Pavia scheint damals alle Augenblicke belagert worden zu sein – erkannte, daß ihm eine Harnröhreninfektion den Garaus machte; er führte sorgfältig Protokoll über den Fortgang der Krankheit und verfügte, daß seine Kollegen ihn nach seinem Tod einer Autopsie unterziehen sollten, damit sie die Blase und die Nieren höchstpersönlich untersuchen konnten. Nur fiel der Leichnam Spallanzanis Erzfeind und schärfstem Rivalen in die Hände; ich kann mich an den Namen des Kerls nicht erinnern, ein Anatom – wenn ich an ihn denke, fällt mir immer Scarpia ein, der Bösewicht aus *Tosca*. Wie dem auch sei, dieser Scarpia entnahm dem Leichnam Spallanzanis nicht nur die Blase und die Nieren, sondern auch den ganzen Fortpflanzungsapparat, den er anschließend mit großer Häme zur Schau stellte. Sie dürfen nicht vergessen: Wir sind in Italien, und solch eine öffentliche Entmannung war so ziemlich das Schlimmste, was sich ausdenken ließ, um die Ehre eines Mannes mit Füßen zu treten. Das Ergebnis war, daß sich Jahre später, als Scarpia starb, die alten Schüler von Spallanzani *seinen* Leichnam schnappten, ihn enthaupteten und den Kopf in einem eigenen Glasbehälter konservierten, der bis zum heutigen Tage auf einem Regal im Museum unmittelbar neben dem von Spallanzani steht.«

Eisner lachte und war dann kurze Zeit still, als sei er in Staunen über die geballte Leidenschaftlichkeit seiner Vorgänger versunken. »Aber Spallanzani war grandios«, fuhr er fort, »hatte die tollsten Eingebungen. Seine Forschungen zur Widerlegung der Idee von der Urzeugung nahmen bereits zur guten Hälfte Pasteur vorweg. Er züchtete Aale. Er beschäftigte sich mit Fledermäusen: schüttete ihnen Wachs in die Ohren, um zu sehen, ob ihr Steuerungssystem dadurch beeinträchtigt wurde ...«

Hier wurde die Koinzidenz gar zu abenteuerlich. Ich kam auf Wilsons Museum zu sprechen (Eisner hatte noch nie davon gehört) und erwähnte vor allem Bernard Maston, die *deprong mori* und Donald Griffith – »er heißt Griff*in*«, unterbrach mich Eisner, »mit einem *I-n*, nicht einem *T-h*.« Weiß ich, sagte ich, weiß ich. »Komisch, das mit Griffin«, fuhr Eisner fort. »Auch er ist ein großer Naturforscher und ein enger Freund von mir. Tatsächlich habe ich vor Jahren als Hochschulabsolvent in Harvard mein erstes Laboratorium von ihm übernommen. Da war noch dieses verrückte Netz von Löchern, die er in die Wände gebohrt hatte; in den Löchern waren mal die Haken verankert, an denen er ein Labyrinth von Drähten befestigte. Diese Drähte, kreuz und quer durch den Raum gespannt, waren die Grundlage für seine originellen Forschungen, mit denen er nachwies, daß Fledermäuse sich im Dunkeln orientieren konnten. Dieses Laboratorium hatte eine tolle Vorgeschichte. Unmittelbar vor Griffin nutzte es ein gewisser Alfred Kinsey, der wirklich bahnbrechende Forschungen über die Fortpflanzung bei den Gallwespen betrieb – bevor er dann dem ganzen Gebiet den Rücken kehrte, um sich statt dessen auf die menschliche Sexualität zu konzentrieren.«

Ich las Eisner einige Abschnitte aus der Broschüre über die *deprong mori* vor, und er lachte; sie schienen ihm zu gefallen. »Das ist herrlich«, sagte er und fühlte sich offenbar nicht die Spur in seiner Ehre gekränkt. »Genau so ist es, wenn man draußen im Feld ist und zum erstenmal auf eines dieser unglaublich merkwürdigen natürlichen Anpassungsphänomene stößt. Anfangs hat man nichts als ein paar zusammenhanglose Beobachtungsstücke, flüchtigste Eindrücke, aber man läßt seine Phantasie schweifen und stellt sich alle möglichen Verbindungen vor, entwirft die unwahrscheinlichsten Lebenszyklen. In gewisser Weise ist es das, was ich am Beruf des Naturforschers am liebsten mag – später muß man dann natürlich die Sache hieb- und stichfest machen, muß genaue Hypothesen aufstellen und die Experimente erarbeiten, mit denen man sie überprüfen kann, alles mit äußerster Sorgfalt und Besonnenheit. Aber der erste Zugriff – diese ersten Einfälle. Die sind das Beste.«

Ich entschloß mich, an Eisner die Stinkameise auszuprobieren. Aber hören Sie erst mal das hier, sagte ich, das ist noch komischer. Woraufhin ich ihm die ersten paar Abschnitte der Geschichte vom Bildschirm meines Computers weg vorlas. Er hörte aufmerksam zu, bekundete alle paar Sätze seine Zustimmung. »Richtig«, sagte er, »ja, das ist richtig.« Als ich fertig war, fragte er: »Was ist daran komisch? All das ist im Grunde die reine Wahrheit.«

Ich war fast sprachlos vor Verblüffung. Wirklich? stammelte ich.

»Ja, absolut. Ich meine, ich weiß die Namen nicht genau – das ist nicht eigentlich mein Gebiet, deshalb bin ich bei diesen Ameisen nicht so firm. Aber lassen Sie mich mal überlegen: *Megaloponera foetens*, haben Sie gesagt? Ich glaube nicht, daß *Megaloponera* existiert, aber es gibt eine Gattung, die traditionell unter dem Namen *Megaponera* geführt wurde. Allerdings habe ich mir sagen lassen – jetzt wird's ein bißchen kompliziert –, daß sie neuerdings einer anderen Klasse namens *Pachycondyla* zugeordnet worden ist. Und dann gibt es eine afrikanische Ameise, die heißt *Pachycondyla analis*. ›Foetens‹ bedeutet ›stinkend‹, aber ›analis‹ – also, das stinkt noch gewaltiger; mehr muß man dazu wohl nicht sagen. Und ich bin sicher, daß diese Ameise zirpt – ein Schrei ist es eigentlich nicht, aber immerhin bringt sie dieses schwache Zirpgeräusch hervor. Ob *Pachycondyla* die Spore auf die beschriebene Art aufnimmt – das weiß ich nicht. Aber es gibt mehrere andere Spezies, die das tun, unter ihnen auch einige direkt hier in den USA. Zum Beispiel gibt es unten in Florida eine Ameise, *Camponotus floridanus*, die vom *Cordyceps*-Pilz Sporen einatmet oder wie auch immer aufnimmt; und gelegentlich stößt man tatsächlich auf diese Ameisen, wie sie weit weg von zu Hause oben an einem Stengel zum Beispiel oder an einem hohen Grashalm hängen. Mit den Kinnbacken haben sie sich in den Halm verbissen, und sie sind mausetot, während aus ihrem Kopf ein langer, dünner, gebogener, rosafarbener, stabförmiger Auswuchs sprießt. Und das ist der Pilz, der sich für die Ausschüttung von Sporen bereit macht. Nein, nein«, sagte Eisner fröhlich lachend. »Das stimmt alles. Beweist nur, daß die Natur etwas Unglaubliches ist. Niemals – *nie und nimmer* – hätte das in sechs Tagen alles erschaffen werden können.« (Das war großartig: Eisner, der ganz genauso beeindruckt war vom Wunder der Natur wie Wilson, wurde durch die Existenz von Stinkameisen und ähnlichen Phänomenen zu dem genau entgegengesetzten Schluß geführt.) »Tatsache ist«, fuhr er fort, »warten Sie mal eine Sekunde, ich glaube ... stimmt ... Maria, meine Frau, und ich, wir haben eine von ihnen fotografiert, während wir unten in Florida waren. Haben Sie ein Fax?«

Ich gab ihm die Nummer.

»Einen Augenblick«, sagte er und legte auf.

Und wirklich und wahrhaftig, ein paar Augenblicke später schob sich ein Foto von einem toten *Camponotus floridanus* mit grandios wucherndem Auswuchs auf dem Kopf aus meinem Faxgerät.

Camponatus floridanus *mit* Coryceps-*Pilz,*
fotografiert von Tom und Maria Eisner

TEIL ZWEI

Hirnwachstum

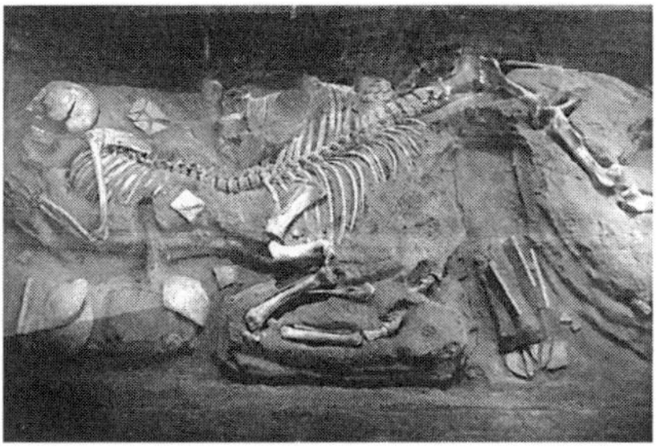

Kürzlich bei Volos in Griechenland ausgegrabener Zentaur

Nachdem eine frühere, gekürzte Fassung des vorstehenden Essays im Jahre 1994 in der Septemberausgabe von *Harper's* erschienen war, ging bei der Zeitschrift eine Reihe von köstlichen Briefen ein. Jemand aus Chicago hielt es für angebracht, der Redaktion warnend mitzuteilen, daß sie möglicherweise einem Schwindel aufgesessen sei, und führte dann aus: »Wenn man das Gewicht von fünf massiven Bleiwänden, die zwanzig Zentimeter dick, sieben Meter hoch und 650 Meter lang sind, errechnet, so beläuft es sich auf 4146762 Kilogramm. Wenn jeder Teilnehmer an der [von Griffith unternommenen] achtmonatigen Expedition zum Tripsicum-Plateau in Südamerika fünfundzwanzig Kilogramm Blei (dazu kämen noch die Sensoren und so weiter) getragen hätte, so hätten es 165 870 Assistenten sein müssen.«

Die einzige angemessene Antwort hierauf hätte lauten müssen: »Na und? Was beweist das? Wäre doch immerhin denkbar!«

Andere Briefschreiber wiederum schickten eigene Beobachtungen und Zeitungsausschnitte über ähnliche Unternehmungen wie die Wilsonsche. Zum Beispiel erhielt ich einen Artikel über eine Ausstellung zu den »Zentaur-Ausgrabungen bei Volos«; danach waren im Jahre 1980 die Skelette von drei Zentauren »in Argos Orestiko, acht Kilometer nordöstlich der griechischen Stadt Volos«, ausgegraben und die Knochen auf »1300 v. Chr., mit einer möglichen Abweichung von 300 Jahren« datiert worden. Das Kernstück der Ausstellung bildet eines dieser Skelette, das auf einem langgestreckten Vitrinentisch zu sehen ist, noch eingebettet in eine Platte aus griechischem Sandstein: unheimlich, wie die Wirbelsäule des Pferdes bruchlos in das gekrümmte Rückgrat des menschlichen Torsos übergeht. Schaut man genau hin, kann man sogar die rostige Spitze des Pfeils erkennen, der das menschliche Herz des Monsters durchbohrte. Der Kurator der Ausstellung, William Willers, ein Künstler und Biologieprofessor an der Universität von Wisconsin in Oshkosh, wird mit der erläuternden Bemerkung zitiert: »Solche Zentauren streiften in den Wäldern Thessaliens umher, bis sie mit menschlichen Pfeilen und Speeren Bekanntschaft machten; danach flohen sie in die Berge, wo Kälte und Hunger den Rest besorgten.«

(Aber gibt es überhaupt eine Universität von Wisconsin in *Oshkosh*?)

In anderen Briefen wurde ich zum Beispiel an das gewaltige Projekt von Donald Evans erinnert, die hinreißend anspielungsreiche und sensationell inszenierte Philatelie einer vollständig imaginären Gegenwelt. Der amerikanische Künstler (geboren 1945) trug Hunderte von diesen großartigen (und außerordentlich seltenen, wenn nicht überhaupt als Unikate existierenden) Briefmarken zusammen, die aus Ländern wie Isle des Sourds, Antiqua, Domino, Amis und Amants, Lo Stato di Mangiare, My Bonnie, Nadorp, Pasta und República de Banana stammten. 1977 fand der Künstler bei einem Brand in seiner Amsterdamer Wohnung ein vorzeitiges Ende. Andere verwiesen auf den Großstadtarchäologen Charles Simonds, der als erster mit der Freilegung (oder Entdeckung beziehungsweise Errichtung – das konnte nie ganz geklärt werden) der einzigartigen, minutiösen Ruinen begann, die verschiedene wandernde Stämme von »Kleinen Leuten« inmitten der verfallenden Bruchbuden von Mietskasernen in Lower Manhattan zurückgelassen hatten (die mit größter Sorgfalt aufgeschichteten Mauern bestanden aus roten Lehmziegeln, die nur wenige Millimeter lang waren). Das war während der frühen siebziger Jahre (die Arbeiten von Simonds haben mittlerweile Karriere gemacht und sind von der Straße in einige der führenden Kunstgalerien der Welt umgezogen; man trifft sie in Seoul und in Barcelona, im Guggenheim-Museum und im Jeu de Paume an). Anfang der siebziger Jahre kreierte Norman Daly, ein Emeritus des Cornell College, eine ganze fiktive Kultur, der er den Namen »Llhuros« gab und von der er über 150 Artefakte ausstellen konnte.

Eines der schwungvollsten Unterfangen dieser Art, das derzeit existiert und auf das ich ebenfalls durch eine Reihe von Zusendungen aufmerksam gemacht wurde, ist das Hokes-Archiv an der Universität von Tennessee in Knoxville, das ursprünglich in London von Everett Ormsby Hokes (1864–1939) gegründet wurde und derzeit unter der Leitung von Beauvais Lyons steht, einem außerordentlichen Professor für Kunst an besagter Universität. Lyons stellt nicht weniger als drei bis dahin unbekannte Kulturen vor: die Arenot im Norden der Zentraltürkei, die Apasht im afghanischen Hindukusch und die Aazud in Mesopotamien. (Die Arenot zum Beispiel waren eine »dystopische Gesellschaft« mit »einer extrem dualistischen Kosmologie«. Einer Interpretation zufolge hielten sie, »weil für die

Erzeugung von Leben geschlechtlicher Verkehr erforderlich ist, die rituelle Nekrophilie für das einzige Mittel zur Erschaffung eines Lebens nach dem Tod«. Eine herausragende Rolle in der Bilderwelt der Arenot, soweit wir sie aus den gefundenen Keramikscherben rekonstruieren können, spielt das sogenannte Hund-frißt-Hund-Motiv, eine hundekannibalistische Gänseblümchenkette, wenn man so will.)

Zu den Unterlagen, die einem Brief beigefügt waren, den ich vom stellvertretenden Direktor des Hokes-Archivs erhielt, gehörte auch eine ausgewählte Bibliographie, die unter anderem einen Verweis auf Norman Dalys grundlegenden Beitrag »Mögliche aazudianische Ursprünge der llhuroskianischen Kultur« enthielt, der im *Bulletin of Llhuroscian Studies*, Bd. 118, Nr. 2, London 1962, S. 121–132, erschienen war. Im Brief selbst wurde ich darauf aufmerksam gemacht, daß »ein literarisches Vorbild für das Hokes-Archiv« in den Werken von Jorge Luis Borges zu sehen ist, vor allem in seiner 1941 veröffentlichten Geschichte »Tlön, Uqbar, Orbis Tertius« (aufgenommen in sein Buch *Fiktionen*), in der eine Geheimgesellschaft dabei ertappt wird, wie sie mit unendlicher Sorgfalt eine vollständige Enzyklopädie zusammendichtet, in der die materielle und intellektuelle Hinterlassenschaft einer ganzen, ansonsten absolut dem Vergessen anheimgefallenen Zivilisation ausgebreitet wird; ein Hinweis auf diese Zivilisation scheint sich allerdings auch in mindestens ein Exemplar (Borges' eigenes) des XLVI. Bandes der *Anglo-American Cyclopedia* eingeschlichen zu haben. Borges behauptet außerdem, es sei ihm mittlerweile gelungen, einen einzelnen Band – XI: *Hlaer to Jangr* – dieser *First Encyclopedia of Tlön*, deren Herausgabe die Geheimgesellschaft besorgt, in seinen Besitz zu bringen.*

Im Brief wurde dann weiter ausgeführt, daß Mr. Lyons mit seinen Unternehmungen keineswegs allein stehe, sondern daß er vielmehr im vergangenen Jahr ein Symposion veranstaltet habe, das Treffpunkt mehrerer ähnlich gesinnter Visionäre gewesen sei; es habe sich quasi um »eine Version des Films *Zelig* in Form von Sitzungsprotokollen« gehandelt. Zum Schluß wurde noch Bezug auf meinen Beitrag in *Harper's* genommen und festgestellt, es sei mir gelungen, »das zentrale Problem der Parodie anzusprechen, nämlich die Frage, wie Ironie vermittelt wird. David Wilson, Beauvais Lyons und viele andere, die in diesem Genre tätig sind, legen bei der Präsentation ihrer Schöpfungen eine undurchdringliche Ernsthaftigkeit an den Tag. Die Reibung zwischen Wirklichkeit und Phantasie ist Quelle sowohl der ästhetischen Spannung dieser Arbeiten als auch ihrer subversiven Wirkungen. Außerdem bereitet die Sache auch noch Spaß. Ich könnte endlos weiter schwadronieren, aber am besten machen Sie sich Ihr eigenes Bild.«

Diese letzte Formulierung sagte mir zu, und ich beschloß, den Schreiber anzurufen, um der Aufforderung, mir selbst ein Urteil zu bilden, Folge zu leisten (der Brief war auf Korrespondenzpapier des Archivs geschrieben; Telefon- und Faxnummern waren angegeben). Ich hatte sogar schon die ersten Ziffern gewählt, als noch einmal der Name der stellvertretenden Direktorin in mein Blickfeld geriet – Vera Octavia (verdammt unwahrscheinlich) –, und zu guter Letzt fiel bei mir auch noch der Groschen hinsichtlich der Anspielung im Namen des Archivs selbst. (Hokes = hoax [Ulk]). Ich fand meinen Einfall gar nicht mehr so gut, hängte ein und verzichtete auf den Anruf.

INZWISCHEN WANDTE SICH mein immer mehr zur fixen Idee werdendes Interesse anderen, weit früheren Verkörperungen des Wilsonschen Museumsgedankens zu. John Walshs Hinweis auf die Wunderkammern hatte sich wie eine Spore in meinem Hirn festgesetzt; während ich Nachforschungen zu verschiedenen anderen Themen anstellte, fühlte ich mich in zunehmendem Maß zu jenen Abteilungen der Bibliothek hingezogen, in denen die Vor- und Frühgeschichte der späteren Museen dokumentiert war. Walsh selbst leistete meiner Neigung noch Vorschub, indem er mir eine herrlich bekloppte Veröffentlichung der Oxford University Press schickte, die den Titel *The Origins of Museums: The Cabinet of Curiosities in Sixteenth- and Seventeenth-Century Europe* trug. Das war eine Sammlung wissenschaftlicher Referate, in denen eine fast schon wahnwitzige Gelehrsamkeit an den Tag gelegt wurde und die im Jahre 1983 anläßlich einer Konferenz gehalten worden waren, mit der man den dreihundertsten Jahrestag der Eröffnung des Oxforder Ashmolean Museum durch den damaligen Herzog von York (und späteren König Jakob II.) feierte. In diesem Buch stieß ich beispielsweise zum erstenmal auf Francis Bacons Anleitung zu den Grundlagen des »vollkommenen gelehrten Gentleman« (aus seinen 1594 erschienenen *Gesta Grayorum*) und vor allem auf die Überlegung, daß jeder Möchtegern-Magus bei seinem Bemühen, in maßstäblicher Verkleinerung ein Abbild des Universums im Privaten zu verwirklichen, fast mit Sicherheit das Bedürfnis verspüren werde, ein »stattliches, umfängliches Kabinett« einzurichten, »in dem sich alles, was Menschenhand durch Kunstfertigkeit oder mechanische Einrichtung an Seltenem hinsichtlich Stoff, Form oder Bewegung geschaffen hat, alles, was Einzigartigkeit, Zufall und der Wechsel der Dinge hervorgebracht haben, alles, was die Natur in Dingen, die leblos und konservierbar sind, gewirkt hat, geordnet und versammelt findet«.

Diese Formulierung – besonders gut gefiel mir der Teil, in dem »Einzigartigkeit, Zufall und der Wechsel der Dinge« bemüht wurden – war eine genaue Vorwegnahme des Tons in der Art von Katalogen, auf die man in diesem Forschungsbereich allenthalben stößt. In *Origins* wird zum Beispiel der Fall des Baconschen Zeitgenossen Sir Walter Cope (gestorben 1614) angeführt, eines Politikers und Mitglieds des Elisabethanischen Antiquarkollegiums; in seinem Schloß in Kensington befand sich den Tagebuchaufzeichnungen zufolge, die ein Schweizer Gast namens Thomas Platter im Jahre 1599 machte, »ein Raum, bis in den letzten Winkel vollgestopft mit eigenartigen fremdländischen Dingen«. Unter anderem fanden sich dort: heilige Reliquien von einem spanischen Schiff, bei dessen Kaperung Cope mitgewirkt hatte; irdene Gefäße und Porzellan aus China; eine aus Federn gefertigte Madonna, eine Kette aus Affenzähnen, Steinscheren, ein Rückenkratzer und ein Kanu mit Paddeln, all dies aus »Indien«; ein Kostüm aus Java, Gewänder aus Arabien; das Horn und der Schwanz eines Rhinozeros, das Horn eines Seehundbullen, ein rundes Horn, das auf der Stirn einer Engländerin gewachsen war, der Schwanz eines Einhorns; das Zepter und die Glöckchen des Hofnarren von Heinrich VIII., das goldene Siegel des türkischen Herrschers ... (Ein paar Jahre später vermerkte ein anderer Tagebuchschreiber, daß Neuerwerbungen hinzugekommen waren, zum Beispiel »ein Paß des Königs von Peru für die Engländer, fein säuberlich auf Holz geschrieben«, und ein kleiner indischer Vogel, der bei Nacht phosphoreszierte.)*

Ende des 16. und Anfang des 17. Jahrhunderts wurde

diese Art von Schatzkammern (*Wunder*kammern, wobei sich der Begriff sowohl auf die gezeigten Objekte als auch auf den subjektiven Zustand bezieht, in den diese Objekte den jeweiligen Betrachter unfehlbar versetzten) in Europa gang und gäbe. Die Frage drängt sich auf: Warum? Oder vielmehr: Warum gerade damals? Zu sagen, solche Aufgeschlossenheit fürs Wunderbare sei ein wesentliches Kennzeichen der frühen Renaissance gewesen, heißt, sich im Kreise zu drehen: Was löste in der frühen Renaissance diese grassierende Wundersucht aus? Und wie Platters ehrfurchtsvolle Aufzählung der Kostbarkeiten in Copes Schatzkammer bereits deutlich macht, ist die Antwort hierauf in dem Schwall von wundersamen *Dingen* zu suchen, die sich nun plötzlich über die Schwelle in einen bis dahin provinziellen, engstirnigen, abgekapselten europäischen Subkontinent ergossen. Insbesondere Dinge aus der Neuen Welt.

Ebendavon handelt Stephen Greenblatts herrlich gedankenreiche Studie *Marvelous Possessions: The Wonder of the New World* (1991; dt. *Wunderbare Besitztümer: die Erfindung des Fremden: Reisende und Entdecker*, Berlin 1994). »Verwunderung« war laut Greenblatt »die zentrale Figur in den ersten europäischen Begegnungen mit der Neuen Welt, das entscheidende emotionale und geistige Erlebnis angesichts radikaler Verschiedenheit.« Und das war etwas Neues. »*Nil admirari*, so lehrte die Maxime der Alten«, führt Greenblatt aus. »Aber gegenüber der Neuen Welt erschien das klassische Vorbild reifer und ausgewogener Unvoreingenommenheit ebenso unangemessen wie unmöglich. Mit Kolumbus' Reise begann ein Jahrhundert des Staunens. Die europäische Kultur erlebte so etwas wie den Überraschungsreflex, den wir bei kleinen Kindern beobachten können: aufgesperrte Augen,

Amerika in den staunenden Augen Europas: Theodor de Brys Darstellung indianischer Jagdlist (Frankfurt, 1590)

ausgestreckte Arme, angehaltener Atem, der ganze Körper für einen Augenblick verkrampft« (S. 27 f.).*

Greenblatt beschäftigt sich eingehender mit einer Textstelle aus der großen *Histoire d'un voyage fait en la Terre du Brésil, autrement dite Amérique* (1578; die Reise, von der im Buch berichtet wird, wurde zwei Jahrzehnte vorher unternommen) des französischen Hugenottenpfarrers Jean de Léry, worin sich Léry an einen besonders unheimlichen, exotischen Abend bei den Tupinamba-Eingeborenen in der Bucht von Rio erinnert und mit dem Satz schließt: »Wann immer ich mich daran erinnere, flattert mein Herz.«* Der flatternde Herzschlag, merkt Greenblatt an, »ist eines der echten Anzeichen für Verwunderung, denn Albertus Magnus schreibt, Verwunderung sei, wenn ›das Herz sich zusammenzieht‹ ... Man sieht etwas Verblüffendes, aber das Entscheidende passiert nicht ›dort draußen‹ . . ., sondern tief drinnen, im vitalen und emotionalen Zentrum des Beobachters«(S. 31).* Daß Léry keine Ahnung hat, welchen Sinn die Rituale der Tupinamba *für sie selbst* haben, macht *für ihn* das Erlebnis dieses Abends und die spätere Erinnerung daran nur um so überwältigender. Um es mit den Worten des Historikers Michel de Certeau zu sagen: »Das Fehlen von Bedeutung bewirkt einen Bruch in der Zeit.« Und diese Erfahrung – daß sich der Boden unter den Füßen auftat – stand im Zentrum des Staunens, das die Wunderkabinette der damaligen Zeit zu erregen bestrebt waren und im Idealfall wirklich erregten. *Das* war die Stimmung, der Geschmack der damaligen Zeit. (Und die Bruchlinie verläuft von dort auf direktem Weg zum Museum für Jurassische Technik.)

Greenblatt stellt anschließend fest: »Verwunderung ruft alles hervor, was sich nicht verstehen, was sich kaum glauben läßt. Verwunderung verweist auf das Problem der Glaubhaftigkeit und steht gleichzeitig für die Unabweisbarkeit, das absolute Erfordernis von Empirie.«

Wie Greenblatt hervorhebt, macht sich Léry am Anfang seines Reiseberichts Gedanken darüber, wie er seinen französischen Lesern glaubhaft machen kann, »was sich 6000 Meilen von ihrem Wohnort entfernt beobachten läßt; Dinge, von denen die Menschen der Antike nichts gewußt (geschweige denn, etwas berichtet) haben; Dinge, die so wundersam sind, daß sogar das unmittelbare Erleben sie kaum dem Verständnis derer einprägen kann, die sie mit eigenen Augen gesehen haben«. (Bernal Díaz del Castillo, der Cortés auf seinem Eroberungszug nach Mexiko begleitete und anschließend in seinem Bericht über die Eroberung des Aztekenreichs (*Denkwürdigkeiten des Hauptmanns Bernal Díaz del Castillo oder Wahrhaftige Geschichte der Entdeckung und Eroberung von Neuspa-*

nien, Stuttgart 1967) das Abenteuer schilderte, vermittelt einen ähnlichen Eindruck von der Faszination, die die Spanier beim ersten Anblick der aztekischen Hauptstadt ergriff. »Beim Anblick dieser wundersamen Sehenswürdigkeiten wußten wir nicht, was wir sagen sollten oder ob das, was vor unseren Augen erschien, Wirklichkeit war.« Während der neunziger Jahre des 16. Jahrhunderts hörte Sir Walter Raleigh in Guyana erstmals Eingeborenenberichte über Menschen im Landesinnern, die »ihre Augen auf den Schultern und ihren Mund mitten auf der Brust hatten«. Raleigh weiß, daß seine Leser das vielleicht für »eine bloße Erdichtung« halten werden, für jene Art von Erzählungen, mit denen Sir John Mandeville (gestorben 1372) die Schilderungen seiner Reisen im Orient zu spicken neigte und die ihm solch einen Ruf als Lügner eintrugen. Indes führt, wie Greenblatt bemerkt, nach Raleighs Ansicht Skepsis im Zweifelsfall eher in die Irre als Leichtgläubigkeit: »Über solch ein Volk schrieb auch Mandeville, dessen Berichte jahrelang für Erdichtungen genommen wurden; seit aber die ostindischen Gebiete entdeckt worden sind, erweisen sich uns viele seiner Angaben als wahr, die vorher für unglaubhaft erachtet wurden.« Léry macht das gleiche für noch ältere Autoren geltend, wobei er allerdings feststellt, daß er auch nach seinem Aufenthalt in Amerika häufig Mühe habe, zu glauben, was er da alles lese: »Meine frühere Ansicht, was die Beschreibungen ferner Länder durch Plinius und andere angeht, habe ich geändert, weil ich Dinge gesehen habe, die ebenso phantastisch und wunderbar waren wie die – einst für unmöglich gehaltenen – Dinge, die sie erwähnen.«

Der entscheidende Punkt ist, daß während gut anderthalb Jahrhunderten nach der Entdeckung Amerikas *das europäische Bewußtsein außer Rand und Band war*. Das war der Beweggrund für die überall aus dem Boden schießenden Wunderkammern und gab ihnen ihre bleibende Bedeutung.* Es waren nicht einfach nur die amerikanischen (oder auch afrikanischen, fernöstlichen, grönländischen und so weiter) Artefakte, die dort zur Schau gestellt wurden (phosphoreszierende Federn, Schrumpfköpfe, Rhinozeroshörner), sondern vielmehr die Art und Weise, wie die mit Händen zu greifende Wirklichkeit dieser Objekte den Bereich des nunmehr mühelos Vorstellbaren ins Ungeheure ausdehnte. Hörner zum Beispiel kamen plötzlich groß in Mode – Rhinozeroshörner, Einhornhörner, auch von solchen Einhörnern, die *im Meer* lebten, menschliche Hörner, hübsche runde Hörner, die, man höre und staune, aus den Stirnen anständiger Engländerinnen sprossen! Aber Rhinozeroshörner *gab* es tatsächlich, und Meereseinhörner existierten wirklich (jedenfalls in Gestalt des Narwals, dessen unheimlich schraubenförmiger einzelner Stoßzahn so wirkt, als ragte er aus der Stirn heraus) – warum konnte es dann nicht auch Einhornhörner oder sogar menschliche Hörner geben? Die der Aufklärungsarbeit unserer Großväter zum Opfer gefallenen Überzeugungen unserer Urgroßväter erwiesen sich plötzlich als doch nicht so ohne weiteres aus der Welt zu schaffen.*

Der mathematische und navigatorische Entwicklungsstand, der erforderlich war, um Kolumbus eine Expedition nach Amerika – einschließlich Rückkehr, und das Ganze nicht nur einmal, sondern viermal! – zu ermöglichen, konnte sich zweifellos sehen lassen und war Indiz für das stetige Wachstum eines zuverlässigen, positiven Wissens im empirischen Bereich (die Erde war nicht flach, und es lauerten auch keine Seeungeheuer an ihren Rändern, die darauf warteten, umherirrende Skeptiker zu verschlin-

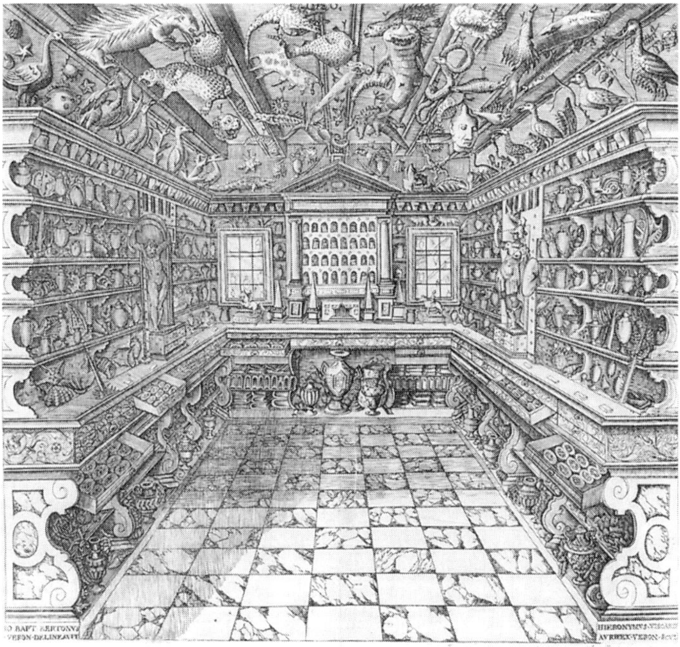

Das Museum von Francesco Calceolari in Verona (1622)

gen). Aber was Kolumbus in Amerika fand und was er von dort zurückbrachte, war so fremdartig und so neu, daß es über Jahre hinaus den Glauben an alle möglichen wundersamen Vorstellungen und Hirngespinste zu rechtfertigen schien.

Und die Folge war, daß überall in Europa Sammlungen aus dem Boden schossen, die – nach den schmückenden Frontispizen ihrer Kataloge zu urteilen – um kein Jota weniger umfassend und atemberaubend unkonventionell waren als die Copesche: so zum Beispiel die Sammlungen der Tradescants in Lambeth, des Francesco Calceolari in Verona, des Ole Worm in Kopenhagen, des Ferrante Imperato in Neapel, des Manfredo Settala in Mailand, des Athanasius Kircher in Rom. In einigen Fällen schien das bestimmende Prinzip des Zusammentragens ganz im Sinne der Baconschen Anweisung in einer Art von Arche-Noah-Motiv zu bestehen: im Idealfall ein oder zwei Exemplare von allem, was in der Welt existierte – die gesamte Natur als Privatbesitz. (Was diesen Ehrgeiz betraf, besaß vielleicht Pater Kircher besonders günstige Karten, da er sich als führender deutscher Gelehrter am Jesuitenkolleg in Rom der weltweiten Kontakte und Hilfsmittel des Ordens bedienen konnte.)

Oft war in dem kunterbunten Haufen keinerlei Ordnung zu erkennen, jedenfalls nicht für den außenstehenden Betrachter; das einzige verbindende Moment war beständiges geballtes Staunen. Die zeitgenössische italienische Kunsthistorikerin Adalgisa Lugli schreibt über »Forschen als Sammeln« und bezieht sich auf Aufzählungen wie die Plattersche (offenbar bekam sie im Laufe ihrer Arbeit viele davon zu Gesicht), wenn sie sarkastisch bemerkt, das Museum des 17. Jahrhunderts sei »immer noch als ein Ort betrachtet worden, wo ... man herumgehen konnte, ohne das Problem des Zusammenhangs ins Auge fassen oder lösen zu müssen«. (Arthur MacGregor, stellvertretender Kustos der Ashmoleschen Sammlung und Mitherausgeber der *Origins*, befleißigt sich eines vergleichbar trockenen Humors, wenn er berichtet, daß »Rudolf II. [1552–1612] im Prager Hradschin eines der eindrucksvollsten Kunstzentren seiner Zeit einrichtete. Rudolf war nicht nur ein herausragender Mäzen, sondern baute auch eine wahrhaft bemerkenswerte Sammlung auf, die in ihrer ungeheuren Reichhaltigkeit und in ihrem Mangel an Zielgerichtetheit nicht selten mit seiner eigenen Persönlichkeit verglichen wurde.«)

Manchmal wurde dem Schatz eine taxonomische Ordnung übergestülpt, die uns heute seltsam willkürlich anmutet: Im Anatomischen Museum in Leiden zum Beispiel sind die in einer Ecke versammelten Exemplare nach der *Art des Defekts* klassifiziert: in den verschiedenen Konservierungsgläsern schwimmen zweischwänzige Eidechsen, Zwillingsäpfel, siamesische Säuglinge, gegabelte Karotten und eine zweiköpfige Katze einträchtig nebeneinander. (Der Witz ist natürlich, daß sich genau damals die heutige Vorstellung von Taxonomie mit ihren Imperativen und festen Gepflogenheiten im Rahmen eines wildwüchsigen Probierverfahrens auszubilden begann.) Bei anderen Gelegenheiten wurde dem Material eine Art moralischer Sinnzusammenhang oktroyiert. Man schaue sich zum Beispiel an, wie der Pelikan rechts oben auf dem Regal in Imperatos Museum (siehe das hintere Vorsatzblatt in diesem Buch) ausgestopft und aufgestellt ist: es wirkt so, als wollte er sich mit seinem Schnabel durchbohren (und übrigens scheinen die Höflinge, die auf dem Bild zu sehen sind, ihre Aufmerksamkeit genau auf dieses Objekt zu richten). Zweifellos spielt die Haltung des Pelikans auf die damals gängige Vorstellung an, Pelikane hätten die Angewohnheit, sich die Brust aufzureißen, um mit ihrem eigenen Blut ihre toten Jungen wieder zum Leben zu erwecken, eine Vorstellung, die von Plinius dem Älteren (23–79 n. Chr.) in seiner *Naturgeschichte* aufgegriffen wurde und sich in die spätere christliche Ikonographie naturgemäß bestens einfügte. Das Kuriose besteht natürlich darin, daß der betreffende Präparator, der wahrscheinlich nie einen lebenden Pelikan zu Gesicht bekommen hatte, für die Präsentation des Tieres in seinem naturgeschichtlichen Museum genau diese literarisch anspielungsreiche Haltung wählte.

Besonders die Holländer schienen sich für solche moralistischen Darbietungen zu begeistern. Bereits in den neunziger Jahren des 16. Jahrhunderts beherbergte das Theatrum Anatomicum in Leiden ein regelrechtes Magazin von zusammengesetzten Skeletten, und zwar sowohl tierischen (Frettchen, Pferd) als auch menschlichen. In vielen Fällen waren die menschlichen Gerippe durch dazugehörige Spruchbänder als die Überreste hingerichteter Verbrecher ausgewiesen (das Skelett eines Schafdiebs zum Beispiel saß auf dem eines Ochsen). Das Kernstück des ganzen Amphitheaters bestand aus dem Gerippe einer Frau, die einem männlichen Skelett unter einem dürren Baum der Erkenntnis einen Apfel reichte. Die Spruchbänder daneben mit ihren neckisch moralisierenden Inschriften über die verheerenden Folgen des Sündenfalls machten auch dem Beschränktesten, der die Botschaft vielleicht immer noch nicht vernommen hatte, unmißverständlich klar, worum es ging.

Dieser moralisierende Ton hielt sich in Holland während des ganzen 17. Jahrhunderts und erreichte ein eindrucksvolles Crescendo in den barocken Bemühungen des großen Amsterdamer Anatomen Frederik Ruysch, dessen Sammlung von über zweitausend akribischen Arrangements schließlich fünf Räume seines Hauses füllte. Manche seiner Tableaus waren vergleichsweise unmißverständlich: der Schädel einer Prostituierten zum Beispiel, der von den Beinknochen eines Säuglings getreten wird. Manche waren herzzerreißend: Ruysch hatte die Konservierungsmethoden verbessert und präsentierte in großen Glasbehältern die vollständigen Körper toter Kleinkinder, die oft mit unendlicher Liebe und Sorgfalt zurechtgemacht waren (die heiteren, friedlichen Gesichtchen umhüllt von zarten Spitzen, die kleinen Gliedmaßen säuberlich mit

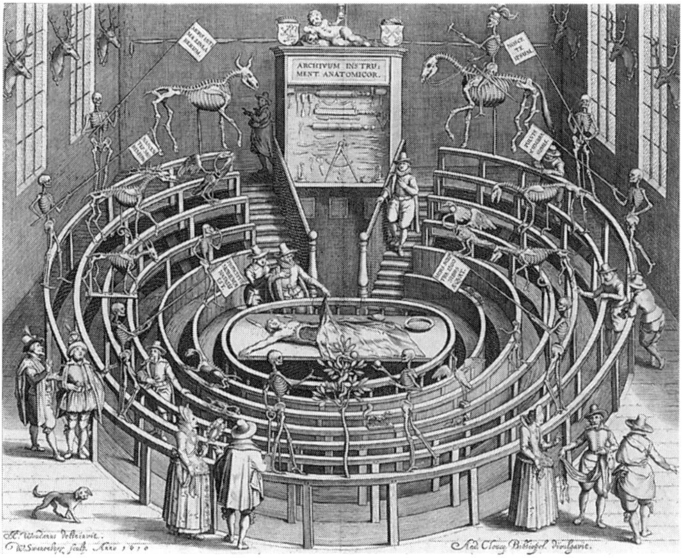

Theatrum Anatomicum, Leiden (1610)

Perlschnüren umwunden). Manche Exponate waren absonderlich: Ruysch präsentierte stolz eine Schachtel mit Fliegeneiern, die dem After eines »vornehmen Herrn« entstammten, »der zu lange auf dem Abort saß« (Ruyschs eigene Beschreibung aus seinem Katalog). Und manche waren regelrecht irre: vielleicht ist sein Meisterwerk eine Reihe von Tableaus zum Thema *vanitas mundi*, erlesene, um das Motiv der unentrinnbaren Vergänglichkeit des Lebens kreisende skelettanatomische Variationen traditioneller Blumenarrangements. Das Fundament schuf Ruysch aus einem Haufen von Nierensteinen und anderen Produkten von Organerkrankungen – das war an sich nicht so außergewöhnlich, da getrocknete Nieren- und Gallensteine (je größer, desto besser) in Kuriositätenkabinetten überall auf dem Kontinent zu den gängigen Ausstellungs-

Eines von Frederik Ruyschs Tableaus zum Thema vanitas mundi, *Amsterdam (Anfang 18. Jahrhundert)*

stücken gehörten. Aber obendrauf ... Nun, schauen wir uns einfach den zeitgenössischen Kupferstich von C. Huyberts an und lesen wir dazu die späteren Erläuterungen, die uns Dr. Antonie Luyendijk-Elshout von der Universität Leiden auf der Grundlage von Ruyschs eigenen Aufzeichnungen liefert:

Die leeren Augenhöhlen zum Himmel gewandt, stimmt das Skelett in der Mitte – ein etwa vier Monate alter Fötus – ein Klagelied über das Elend des Lebens an. »Oh, bitteres Los, oh, hartes Geschick!« singt es und begleitet sich auf einer Violine, die aus von Knochenmarkentzündung befallenem Gebein gefertigt ist und deren Bogen aus einer getrockneten Arterie besteht. Zu seiner Rechten dirigiert ein winziges Skelett die Musik mit einem Taktstock, in den kleine Nierensteine eingelegt sind. Rechts im Vordergrund schlingt ein steifes kleines Skelett mit Injektionsflüssigkeit gefüllte Schafdärme um seine Lenden, während seine rechte Hand einen Speer umklammert, der aus dem gehärteten Samenleiter eines erwachsenen Mannes besteht und der bitteren Wahrheit Ausdruck verleihen soll, daß die erste Stunde auch schon die letzte war. Zur Linken, hinter einer hübschen Vase, die aus einer aufgeblasenen Hodenhülle gefertigt ist, posiert ein elegantes kleines Skelett mit einer Feder auf dem Schädel und einem Stein, den es aus der Lunge ausgehustet hat und der jetzt an seiner Hand baumelt. Aller Wahrscheinlichkeit nach soll die Feder das Augenmerk auf die Verknöcherung der Hirnschale lenken. Für das kleine, waagerecht liegende Skelett im Vordergrund, auf dessen zarter Hand die vielbemühte Eintagsfliege sitzt, greift Ruysch auf den römischen Dichter Plautus zurück, einen der bevorzugten Autoren der damaligen Zeit, und zitiert ihn mit den Worten, die Lebensspanne sei so kurz gewesen wie die des jungen Grases, das, kaum gesprossen, schon von der Sense niedergemäht werde.

Bedauerlicherweise (wie ich meine) hat keines der Tableaus von Ruysch zum Thema *vanitas mundi* die Stürme der Zeit überlebt, während das vielen anderen seiner Arrangements vergönnt war – allerdings (dieses Kuriosum bleibt anzumerken) größtenteils nicht in Holland. Ruysch (der es übrigens, all seiner Beschäftigung mit der Vergänglichkeit zum Trotz, schaffte, dreiundneunzig Jahre alt zu werden und bis 1731 die Stellung zu halten) verkaufte in ziemlich hohem Alter seine ganze Sammlung an Peter den Großen; deshalb muß, wer Ruyschs großartiges handwerkliches Können mit eigenen Augen studieren will, heute nach St. Petersburg reisen.*

Dass Zar Peter im Jahre 1717 Ruyschs Sammlung zusammen mit vielen anderen aufkaufte, entsprang seinem Bemühen, eine riesige eigene Wunderkammer gewissermaßen aus dem Boden zu stampfen – und war damit Teil seines Versuchs, das Russische Reich Hals über Kopf zu modernisieren. Ironischerweise nahmen indes damals bereits der universalisierende Ehrgeiz und die wildwüchsigen Neigungen, die Voraussetzung eines solchen Bemühens sind, angesichts der fortschreitenden Aufklärung mit ihrer Vorliebe für eine eher durch Skepsis, Tatkraft und systematische Strenge bestimmte Ordnung anachronistische Züge an. Ein halbes Jahrhundert später schrieb Peters angeheiratete Enkelin Katharina die Große an einen Kurator, der immer noch den alten Stil bevorzugte: »Ich habe mich oft mit ihm [Peter] wegen seines Wunsches gestritten, die Natur in einem Kabinett einzuschließen – selbst ein riesiger Palast vermöchte sie nicht zu bergen.« Und Katharina ließ auch zu, daß unter ihrer Regierung Peters Kabinett fast gänzlich verfiel (während sie selbst einem moderneren Hobby frönte und mehr als viertausend Gemälde zusammentrug, für die sie dann als Aufbewahrungsort einen großen Palast, die Eremitage, erbauen ließ). Nebenbei bemerkt, war Ruysch selbst eine Gestalt des Übergangs aus einer Welt, die uns absolut fremd erscheint, in eine andere, die uns schon viel eher an unsere eigene erinnert. (Tatsächlich hatte Ruyschs Arbeit wesentlichen Anteil an der Herausbildung der letzteren Welt; ein neuerer Biograph bezeichnet ihn als den »wahrscheinlich geschicktesten und kenntnisreichsten Präparator in der Geschichte der Anatomie«.)

Davor allerdings war über ein gutes Jahrhundert lang die Lust am Wunderbaren eine ständige Begleiterscheinung jedes einfachen, geradlinigen Fortschritts im Bereich des positiven Wissens.* Und tatsächlich mußte diese Lust bekämpft und zurückgedrängt werden – durch Galilei und Newton und Spinoza und Descartes –, ehe der positivistische Fortschritt wieder auf Touren kommen und unbehindert seinen Lauf nehmen konnte. (»Was wir gemeinhin als Staunen bezeichnen«, schrieb Descartes, der die Menschen dazu bringen wollte, aus dem Herzen in den Kopf zurückzukehren, wohin sie seiner Ansicht nach gehörten, »ist ein Übermaß an Verwunderung, das immer nur schädlich sein kann.«) Und um die Mitte des 17. Jahrhunderts machte das Zeitalter der Verwunderung in der Tat dem der Aufklärung Platz, einer Aufbruchsstimmung, getragen vom Glauben an eine stetige Anhäufung wissenschaftlicher Einsichten und Fortschritte, einer Vorstellung von der Welt, die ihre Vorherrschaft bis in die Anfänge unserer Ära weitgehend unangefochten behaupten sollte – bis Newton, wenn ich so sagen darf, mit Heisenberg zusammenstieß.

In ihrem Essay »Forschen als Sammeln« zählt Adalgisa Lugli viele der heutigen neopositivistischen Einwände gegen die Wunderkammer-Mentalität auf, um dann aber zu versichern, Männer wie Della Porta, Cardano und Kircher hätten »unter den [damaligen] Vertretern der Wissenschaft mit ihrer Ansicht nicht allein gestanden, daß Staunen oder Verwunderung bei der Erforschung der Natur und der Aufdeckung ihrer Geheimnisse eine wesentliche Rolle spielten ..., wobei das Staunen [wie bis zum Ende des 18. Jahrhunderts der Fall] als eine Form des Lernens betrachtet wurde – als ein ganz spezifisches Zwischenstadium, ähnlich einem Schwebezustand, in dem sich der Geist zwischen Ahnungslosigkeit und Erleuchtung befindet und in dem das Nichtwissen endet und das Wissen beginnt«.

Mehr als zwei Jahrhunderte später (unter Heisenbergs Ägide) haben laut James Gleicks Einleitung zu Richard Feynmans neu herausgegebenem Standardwerk *Character of Physical Law* »die Physiker handgreiflich mit der Ungewißheit Bekanntschaft gemacht und gelernt, wie man mit ihr zurechtkommt. Und sie haben sie sogar schätzengelernt – denn die Alternative zum Zweifel ist das Dogma, gegen das die Wissenschaft jahrhundertelang angekämpft hat. ›Großer Wert einer zureichenden Philosophie der Unwissenheit‹, kritzelte Feynman eines Tages auf einen Notizzettel, ›lehren, daß Zweifel nicht gefürchtet werden muß, sondern begrüßenswert ist.‹ Das wurde sein Credo: er war von der vorrangigen Bedeutung des Zweifels überzeugt, den er nicht als einen Makel unseres Erkenntnisvermögens, sondern als den Kernpunkt des Erkennens betrachtete.«*

David Wilson hat somit sein Museum an der Schnittstelle zwischen Prämoderne und Postmoderne plaziert – oder vielleicht besser gesagt, er hat die prämodernen Quellen des postmodernen Denkens angezapft.*

So dick *Tradescant's Rarities* ist, so schwer war es aufzutreiben. Im Jahre 1983 als eine Art Begleitband zu *The Origins of Museums* veröffentlicht, besteht *Tradescant's Rarities*, dem Hinweis im hinteren Klappentext des *Origins*-Buches zufolge, aus einer Studie über die Sammlungen, die den Grundstock des Ashmolean Museum bildeten, nebst einer Katalogisierung der Objekte. Schon seit einiger Zeit hatte ich das Bedürfnis verspürt, dieses Verzeichnis einmal einzusehen, zum Teil wegen der Anzahl und Art der Verweise auf die Tradescants, auf die ich in anderen Quellen stieß, zum anderen aber zweifellos auch, weil sich Wilson in mehreren seiner abstruseren Exponate, wie etwa beim Horn der Mary Davis aus Saughall, auf die Tradescants berief. Ich hatte also immer wieder einmal und nebenbei in Bibliotheken die Buchbestände durchmustert, aber der Titel tauchte nie auf – bis ich ihn eines Tages in der New Yorker Public Library in der 42. Straße im Magazin der Kunstbuchabteilung aufspürte.

Als ich das Buch aufschlug, um die Einleitung zu lesen, warf ich flüchtig einen Blick auf das Impressum auf der gegenüberliegenden Seite:

© Ashmolean Museum, Oxford 1983
Veröffentlicht von den Vertretern der Druckanstalt
in Zusammenarbeit mit den Besuchern des Ashmoleums

Unmittelbar darüber war als Adresse der Oxford University Press »Walton Street, Oxford, OX2 6DP« angegeben, und darunter folgte eine mir ebenso vertraute (wenn auch völlig andere) Aufzählung von Ortsnamen:

London Glasgow New York Toronto
Delhi Bombay Kalkutta Madras Karatschi
Kuala Lumpur Singapur Hongkong Tokio
Nairobi Dar es Salaam Kapstadt
Melbourne Auckland
sowie Mitarbeiter in
Beirut Berlin Ibadan Mexiko-Stadt Nikosia

Der erste Essay im Buch, als dessen Autor der Herausgeber, Arthur MacGregor, firmierte, trug den Titel »Die Tradescants: Gärtner und Botaniker«. Und in der Tat war mir vieles von dem Folgenden ebenso vertraut: die Tradescants – John der Ältere und John der Jüngere – waren wie die Thums hauptsächlich Gärtner und Botaniker (der Ältere hatte sogar das Amt eines Aufsehers über die königlichen Gärten, Reben und Seidenraupen in Oatlands Palace inne). Als der Vater im Jahre 1638 starb, setzte der

John Tradescant der Ältere, Elias Ashmole

Sohn seine Arbeit fort und vergrößerte noch die Sammlung, die in »The Ark«, dem Haus der Familie in Lambeth, untergebracht war. Der Sohn heiratete eine junge Frau namens Hester und zeugte mit ihr einen Sohn, aber als dieser starb, begann sich das Paar nach einer anderen Möglichkeit umzusehen, das reiche Erbe der Familie der Nachwelt zu erhalten. Zu Anfang der fünfziger Jahre des 17. Jahrhunderts befreundete sich mit ihnen ein gewisser Elias Ashmole, ein ambitionierter Gentleman von beachtlichem gesellschaftlichem Rang – er war Revisor der Akzisebehörde, ein Astrologe, den der König regelmäßig um Rat fragte, Verfasser einer Reihe von historischen und alchimistischen Werken und Gründungsmitglied der Royal Society.

Bei einem ihrer ersten gemeinsamen Ausflüge reisten Ashmole und John der Jüngere nach Maidstone, um einem Hexenprozeß beizuwohnen. Seit 1652 trat Ashmole als Mitsponsor einer Inventarisierung und Katalogisierung der vollständigen Sammlung von »The Ark« auf. »Nach der Veröffentlichung des Katalogs im Jahre 1656

John Tradescant der Jüngere mit seiner Frau Hester

entstammen«, wie MacGregor zu berichten weiß, »unsere Kenntnisse über Tradescant hauptsächlich Rechtsdokumenten, wie etwa einer Schenkungsurkunde von 1659, die besagte, daß die Raritätensammlung Ashmole zufallen sollte, und zwei späteren Testamenten mit revidierter Fassung.« Denn die Tradescants versuchten in der Tat, die Schenkungsklausel im Testament rückgängig zu machen, nur war es Ashmole gelungen – vielleicht weil er in Rechtsdingen versierter war –, den ursprünglichen Wortlaut so zu formulieren, daß die Klausel nur im beiderseitigen Einvernehmen der beteiligten Parteien aufhebbar war. Auch nachdem John der Jüngere im Jahre 1662 verstorben war, gab sich seine durch »unglückliche Rechtshändel schwer bekümmerte« Witwe noch alle erdenkliche Mühe, die Sammlung Ashmoles Klauen zu entreißen, aber damit war es 1668 vorbei, als man sie in ihrem eigenen Teich entdeckte, wo sie auf mysteriöse Weise ertrunken war.*

Die lächerlich unwahrscheinliche Saga von den Thums und Gerard Billius erweist sich mithin als die Gründungsgeschichte einer der herausragendsten Sammlungen im heutigen England. Ashmole seinerseits vermachte die Sammlung der Universität Oxford, an der er kurze Zeit studiert hatte, und knüpfte die Schenkung an die Bedingung, das Gebäude, in dem die Sammlung untergebracht wurde, solle zugleich eine »Schule« für das Studium der Naturgeschichte oder – wie man damals sagte – der »philosophischen Geschichte« beherbergen. Das war Englands erste Einrichtung dieser Art. (Wie sein Zeitgenosse Frederik Ruysch – und, nebenbei bemerkt, zahllose andere Zeitgenossen, darunter selbst Isaac Newton – war Ashmole ein Mann, der noch mit einem Bein in der früheren Welt abstrusen Aberglaubens stand, während er mit dem anderen einen beherzten Schritt in das neue Zeitalter der systematischen Naturwissenschaft machte; und tatsächlich wurde auf diese Weise die Stätte der Sammlung Tradescant, jenes Wahrzeichens der früheren Ära kritiklosen Wunderglaubens, während der nächsten Jahrhunderte zugleich zum zentralen Ort der Ausnüchterung und Normalisierung solcher Wundergläubigkeit.)*

Die Geschichte der Tradescants bestätigt übrigens auch viele von Stephen Greenblatts Behauptungen. Als Gärtner und Botaniker waren sowohl der Vater als auch der Sohn weitgereiste Feldforscher – im Bemühen, der englischen Landschaft neue Pflanzenarten zuzuführen, reiste der Vater bis nach Rußland und nach Algerien, der Sohn bis in die englische Kolonie Virginien, das spätere Virginia. Es geschah im Zuge dieser Reisen, daß sie begannen, ihr eigenes Kuriositätenkabinett zusammenzutragen, und der Ruhm dieses Kabinetts (und ihrer Gärten) verschaffte ihnen wiederum die Kontakte, dank deren sie andere Reisende in ihre Sammelbemühungen einspannen konnten. Ein herrlicher Brief aus dem Jahre 1625, den Tradescant der Ältere im Auftrag seines neuen Gönners, des Herzogs von Buckingham, an Edward Nichols, den damaligen Marineminister, schreibt, beginnt so:

> Hochwerter Herr,
> My Lord hat mich beauftragt, Ew. Gnaden wissen zu lassen, daß es Seiner Hoheit gefällt, so Ihr in Seinem Namen mit allen Kaufleuten von allen Orten, insonderheit aber von Virginien & Bermuden & Neufundländen, handelseins werdet, daß sie, dieweil sie in jenen Teilen, Acht haben, Seiner Hoheit allerlei wilde Tiere & Federvieh und Vögel beizubringen, sofern lebendig, oder, sofern nicht, Köpfe, Hörner, Schnäbel, Klauen, Bälge, Gefieder ...

und so weiter und so fort; das Ganze gipfelt in einer Liste von ganz besonders begehrten Artikeln, darunter etwa

> eines Ellofanten Kopf mit gar gewaltigen Zähnen, darinnen
> eines Flußpferdes Kopf der größten Art, die zu erlangen
> eines Seebullen Kopf mit Hörnern
> Aller Art große Schlangen und Häute von Schlangen & insonderheit von jener Art, die einen Kamm auf ihrem Kopf hat, gleich einem Gockelhahn
> Aller Art glänzende Steine oder von allerlei absonderlicher Gestalt,

und schließt mit der bündigen Zusammenfassung

> Jedwedes Ding, das absonderlich.

Anschließend bringt MacGregor verschiedene Zitate aus Briefen, die von damaligen Besuchern des Kuriositätenkabinetts geschrieben wurden; sie belegen, daß die Tradescants in der Tat einen ganzen Haufen von Dingen zusammengetragen hatten, die das Prädikat »absonderlich« verdienten.* Es finden sich zum Beispiel vielfach Verweise auf menschliche Hörner, auch wenn all diese angeblichen Hörner (einschließlich des Horns von Mary Davis aus Saughall) mittlerweile unerklärlicher-, wenn auch vielleicht nicht überraschenderweise verschwunden sind.

MacGregor führt Georg Christoph Stirn an, der in seiner Beschreibung der Sammlung – er besichtigte sie im Jahre 1638 – unter anderem folgende Gegenstände aufzählt: zwei riesige Rippen eines Wals (draußen im Hof); »eine Gans, die in Schottland auf einem Baum gewachsen ist«; »eine Anzahl von Dingen, die in Stein verwandelt wurden« (mit anderen Worten Fossilien, die in derartigen Sammlungen häufig als »Bildsteine« bezeichnet werden); die Hand einer Seejungfrau; die Hand einer Mumie; ein kleines Holzstück vom Kreuz Christi; »Bilder aus der Kirche Santa Sophia in Konstantinopel, die ein Jude in ein Buch kopiert hat«; »eine Fledermaus, so groß wie eine Taube«; ein Instrument, »das Juden bei der Beschneidung verwenden«; das Gewand »des Königs von Virginien«; ein Gürtel, wie ihn die Türken in Jerusalem tragen; »die Passion Christi, zierlich in einen Pflaumenkern geschnitzt« ...

Dieser Hinweis auf die in einen Pflaumenkern minutiös geschnitzte Kreuzigung Christi ließ mich, der ich an einem der zahllosen Arbeitstische in der Public Library von New York über Stirns Brief gebeugt saß, jäh innehalten. Ich fing an, die Katalogseiten hinten in MacGregors Buch zu mustern, mit ihrem ausführlichen Verzeichnis aller Raritäten aus den Sammlungen der Tradescants, die als Bestandteil des Ashmoleschen Vermächtnisses auf uns gekommen waren. (Dabei stieß ich ganz nebenbei auf eine kartographische Darstellung der Belagerung Pavias, genau der gleichen, die in Wilsons Museum die Wand zierte; darauf folgten sage und schreibe *vierzehn Spalten* gelehrsamster Ausführungen, in denen bis in die kleinsten Einzelheiten ein Bild erläutert wurde, das die Schlacht von 1534 zeigte und das in Tradescants Sammlung gelandet war – Abb. 74, Kat.-Nr. 263.) Schließlich fand ich zu meiner Verblüffung folgendes:

181. Obstkernschnitzerei (Tafel LXXXVI)
Mandelkern(?): Auf der Vorderseite ist eine flämische Landschaft eingeschnitzt, in der ein bärtiger Mann sitzt, der ein Birett, ein langes Gewand klassischen Zuschnitts und dicksohlige Schuhe trägt; zwischen seinen Knien hält er eine Viole, und er stimmt gerade eine ihrer Saiten, eingerahmt von den Zweigen eines Baumes. Den Hintergrund füllen Tierdarstellungen aus, darunter ein Löwe, ein Bär, ein Elefant, auf dem ein Affe reitet, ein Eber, ein Hund, ein Esel, ein Rothirsch, ein Kamel, ein Pferd, ein Stier, ein Vogel, eine Ziege, ein Luchs und eine Gruppe Kaninchen – letztere unter einem Zweig, auf dem eine Eule, ein weiterer Vogel und ein Eichhörnchen sitzen.
Abmessungen: Höhe 25 mm; Breite 22 mm.

182. Obstkernschnitzerei (Tafel LXXXVI)
Pflaumenkern(?)-Relief: Auf der Vorderseite sieht man die Kreuzigungsszene, mit einem Soldaten zu Pferde, Longinus, der mit einer Lanze Christi Seite durchbohrt, und dahinter weitere Berittene; zu beiden Seiten des Kreuzes, das von einem Schild mit der Inschrift *INRI* gekrönt wird, stehen die Jungfrau und der heilige Johannes; zu Füßen des Kreuzes liegt ein Schädel. Geriffelter Untergrund.
Abmessungen: Höhe 23 mm; Breite 19 mm.

Und tatsächlich konnte man auf Tafel LXXXVI genau dies sehen. Nicht nur waren solche Wunderdinge vollbracht worden (und zwar bereits im 17. Jahrhundert!), sie existieren in Oxford bis zum heutigen Tage und lassen sich jederzeit von jedem Pilger aus dem Jurassischen, der sich dorthin verirrt, in Augenschein nehmen.*

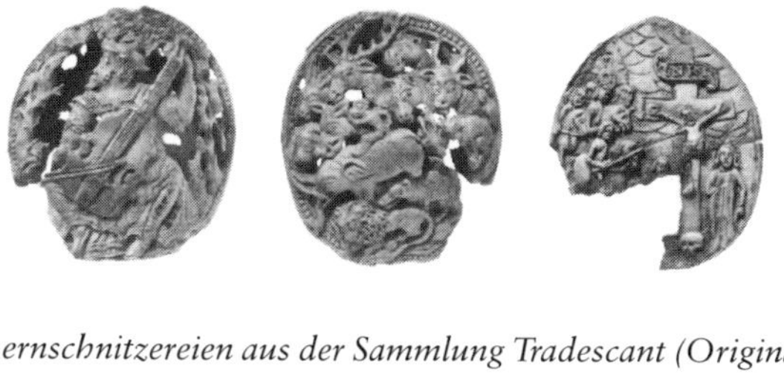

Obstkernschnitzereien aus der Sammlung Tradescant (Originalgröße)

Während meines letzten Besuchs in L. A. verabredete ich mich mit Wilson zum Lunch in dem kleinen indischen Markt für Süßigkeiten und Gewürze, der mit seinem Feinkost-Straßenverkauf ein paar Häuser entfernt vom Museum liegt. Beim Eintreten empfing mich der vertraute Schwall komplizierter Gerüche – David und ich hatten uns schon mehrfach an diesen Ort zurückgezogen –, nur daß es diesmal so war, als hätten mich meine jüngsten Forschungen für die einzelnen Bestandteile hochgradig sensibilisiert. Ich nahm die ungeheure Fülle des exotischen Angebots in mich auf – frische Gemüse wie die auberginenartige Brinjal, die stachlige Kantola, die bohnenförmige Valor, grüne Tuver, Tindora, Lotuswurzel und Chholia (die mit ihrem merkwürdigen Aussehen alles andere mühelos in den Schatten stellte); alle möglichen Tees und duftenden Kräuter (von Koriander und Kardamom quer durch die verschiedenen Currypulver); abgepackte Ajwansamen und Vajradantipaste, Marke Vicco; mit Curry gewürzte Arviblätter, gefüllte Brinjal, in Lake eingelegte Karela; appetitliche trapezförmige Dessertkuchenstücke wie die mit Gold- und Silberfolie verzierten Barfis ... Mich überkam plötzlich eine Ahnung davon, wie es in dem völlig abgeschotteten, kalten, feuchten, langweiligen, farblosen Europa des 15. Jahrhunderts gewirkt haben mußte, als dieses ganze phantastische, wunderbare Zeug – zuerst als Rinnsal (ursprünglich mittels Karawanen auf dem Landweg) und dann nach und nach in größerem Strom – hereinzufließen begann, wie leicht es gewesen sein mußte, sich von solch erlesenen neuen Köstlichkeiten überwältigen zu lassen: *Wir müssen mehr von diesem Zeug haben! Wir müssen einen leichteren Weg finden, an die Sachen heranzukommen! Wir müssen selber dorthin!* Während ich dastand und auf David wartete, hatte ich für einen Augenblick das Gefühl, mitten im Maschinenraum der Geschichte zu stecken.

David erschien schließlich, und wir bestellten unsere Marsaladozas, Pekoras und Portionen Kardamomtee und gingen damit hinaus zu den kleinen Picknick-Tischen, die vor dem Geschäft den Straßenrand säumten. Wir sprachen über Indien und die Phantasien, die sich daran knüpften, und die mit der *Orientierung* auf den Orient einhergehende Wundersucht. Ein Gedanke zog den anderen nach sich. Ich wollte gerade bemerken, wie abwegig es sei, daß sich mitten im kalifornischen Los Angeles eine Wunderkammer à la 16. Jahrhundert befand, als mir der Gedanke kam: Warum eigentlich nicht? Tatsächlich war Los Angeles einer der passendsten Orte in der Welt für solch ein Unternehmen.

Schließlich war damals, im 16. und 17. Jahrhundert, ganz Kalifornien ein einziger großer Tummelplatz für die europäische Jagd nach Wunderdingen – und Beutestücken. Schon der Name des Landes leitet sich offenbar, wie ich anschließend herausfand, von einem alten spanischen Roman her, der den Titel *Las Sergas de Esplandián* [Die Heldentaten des Esplandián] trägt und 1510 von Rodríguez de Montalvo geschrieben wurde. Das Buch selbst war anscheinend nicht gerade eine Heldentat, aber es gibt genügend Hinweise darauf, daß die Konquistadoren der damaligen Zeit die Geschichte kannten. Sie handelt von Esplandián, einer Art spätmittelalterlichem Musterritter, der bei der Verteidigung Konstantinopels gegen eine zusammengewürfelte Schar heidnischer Angreifer mithilft, als plötzlich im Haufen der Belagerer Calafía auftaucht, die Königin von Kalifornien. Dabei erweist sich Kalifornien als eine Insel »rechts von Indien«, die »dem irdischen Paradies sehr nahe kommt« und von einem Volk von Amazonen bewohnt wird, deren Waffen aus reinem Gold sind, »weil es auf der ganzen Insel kein anderes Metall gibt« – für die Konquistadoren muß das alles äußerst faszinierend geklungen haben. Andererseits gab es nach Rodríguez in Kalifornien auch »viele Greife, weil das Land voller Felsenklüfte ist«; den jungen Greifen »stellten die Frauen mit Fallen nach und brachten sie in ihre Höhlen, um sie dort aufzuziehen. Sie selbst waren den Greifen durchaus gewachsen und fütterten sie mit den Männern, die sie gefangennahmen, und mit den Knaben, die sie zur Welt brachten.« Beide Parteien kamen also auf ihre Kosten.

Im Jahre 1542, genau fünfzig Jahre nach Kolumbus' erster Landung in der Karibik, führte Juan Rodríguez Cabrillo auf zwei kleinen, lecken Schiffen einen ziemlich abgerissenen Haufen entlang der südkalifornischen Küste nach Norden und warf unter anderem bei San Diego, vor Catalina Island, in der Bucht von San Pedro, die er wegen der vielen indianischen Lagerfeuer entlang der Küste Bucht der Rauchsäulen (*Bahía de los Fumos*) nannte, und dann vor Santa Monica Anker – nicht einmal zehn Kilometer von der Stelle entfernt, wo David und ich jetzt saßen und unsere Pekoras und süßen Lahsis herunterschlangen; danach fuhr er die Küste weiter hinauf in Richtung Santa Barbara und San Miguel Island. Gut fünfunddreißig Jahre danach, im Jahre 1579, kam aus der entgegengesetzten Richtung, nämlich aus dem nördlich gelegenen Point Reyes, Sir Francis Drake auf seiner *Goldenen Hindin* vorbeigeflitzt und wollte hinunter nach Kap Horn und von dort nach Hause. Was er gerade unternahm, war erst die zweite Weltumseglung (und die erste, bei der es der Kapitän lebendig nach Hause schaffte, da Maghellan, der erste Weltumsegler, unterwegs umgekommen war). Nach seiner Rückkehr nach England lebte Drake noch bis 1596;

zu dieser Zeit war Tradescant der Ältere etwa zwanzig Jahre alt und wußte über die Großtaten des legendären Freibeuters sicher Bescheid. Jahre später gehörten zu Tradescants Sammlung nicht nur ein Bildnis Drakes, sondern auch ein »Zapfen« von seinem Schiff.

Während wir da vor dem indischen Markt saßen und nach Westen den Venice Boulevard hinunterschauten, stellten David und ich uns vor, daß uns nur der Smog daran hinderte, die Galeonen vorbeikreuzen zu sehen. Schließlich brachten wir unsere Tabletts zurück und gingen wieder zum Museum, das wir diesmal allerdings durch den Hintereingang betraten, der uns in Davids Arbeitszimmer führte; es war vollgestopft mit den halbfertigen Vitrinen seiner nächsten Ausstellung, die in wenigen Wochen eröffnet werden sollte.

»Sag den Bienen ...: Glaube, Wissen und hypersymbolisches Erkennen«, laut Vorankündigung eine Koproduktion des MJT und der Gesellschaft für die Wiederherstellung untergegangener Intelligenz, war seit Jahren in Arbeit und versprach eindeutig, eine der bislang aufwendigsten Unternehmungen Wilsons zu werden. Um mich einzuführen, schlug er vor, ich solle mir einen Kopfhörer aufsetzen und mir den akustischen Teil des Diavortrags zu Gemüte führen, der die Ausstellung begleiten sollte; währenddessen setzte er seine Bastelarbeit an ein paar Vitrinen fort. Auch diesmal war die technische Qualität der Bandaufnahme erstklassig, eine Mischung aus leiser Musik, pointierten Geräuscheffekten und einer allem Anschein nach soliden Geschichte. Zuerst bekam ich von der Institutionellen Autorität höchstpersönlich die Geschichte der Entdeckung des Penizillins durch Alexander Fleming im Jahre 1929 erzählt; danach hörte man eine Stimme, die angeblich die von Fleming war und jedenfalls einen schottischen Akzent hatte, im kratzigen Timbre eines Drahttongeräts schildern, wie sich im entscheidenden Augenblick des unbeabsichtigten Experiments »herausstellte, daß die Nährlösung, in der sich der Schimmel gebildet hatte, wie die Schimmelsuppen, die vielfach von der Landbevölkerung zur Behandlung von Infektionen verwendet werden, im Blick auf viele der bekannteren pathogenen Bakterien eindeutig hemmende bakteriozide und bakteriolytische Eigenschaften bewies«. Das Drahttongerät wurde neu aufgezogen, und die Formulierung »wie die Schimmelsuppen, die vielfach von der Landbevölkerung zur Behandlung von Infektionen verwendet werden«, wurde wiederholt; anschließend konstatierte die Institutionelle Autorität, mit seiner gewaltigen Entdeckung habe Fleming »aus Jahrtausenden kollektiver Erfahrung Nutzen gezogen, die durch mündliche Überlieferung tradiert wurde ... und gemeinhin mit dem Begriff des Hausmittels verknüpft ist«. Es gab noch mehr über Fleming zu berichten (daß zum Beispiel seine Vertrautheit mit dem Hausmittel, auf Wunden zu spucken, ihn zuvor schon zur Entdeckung des Lysozyms geführt habe, »eines Enzyms, das sich in Tränen und in Spucke findet und das eine antibiotische Wirkung hat«). Darauf wendet sich die Erzählung dem Digitalis zu, dem herzanregenden Mittel, das aus einer Rachenblütlerpflanze namens Roter Fingerhut gewonnen werde und das bereits jahrhundertelang als Hausmittel gegen Wassersucht Verwendung gefunden habe, ehe es im 18. Jahrhundert von William Withering, einem englischen Arzt, »entdeckt« worden sei, »der den entscheidenden Hinweis von einer Kräuterfrau in Shropshire bekam«. Ähnliche Enthüllungen betrafen die volkstümliche Herkunft des Lithiums und des Aspirins. »Belladonna, madagassisches Immergrün und Brechwurzel, um nur ein paar zu nennen, sind allesamt Hausmittel, die von der modernen Pharmakologie anerkannt und weiterentwickelt wurden.«

An dieser Stelle verdüsterte sich die Stimme der Institutionellen Autorität, um zu berichten, wie die einst hochgeschätzte Volksweisheit dann vor allem in den Medizinhochschulen des 18. und 19. Jahrhunderts verunglimpft wurde, wo »man Hausmitteln einen verderblichen Einfluß zuschrieb und wo sie als irrationale Überbleibsel der Vergangenheit galten, die ausgemerzt werden mußten«, mit dem Ergebnis, daß viel unersetzliches Wissen, »das unter der falschen Anschuldigung des Aberglaubens gewissermaßen ghettoisiert wurde«, heute unwiederbringlich verloren sei. Daraus erklärte sich dann auch die Dringlichkeit der geplanten Ausstellung, die sich – auch wenn in ihr solche Forderungen nicht offen und in eigener Sache erhoben wurden – als ein Unternehmen stilisierte, das zu nichts Geringerem aufrief als zu dem heldenhaften Versuch einer Rückgewinnung des Verlorenen.

Untermalt von Wellenrauschen und dem Klang eines fernen Nebelhorns tat die Erzählerstimme kund: »Um nicht in diesem allem Anschein nach unendlichen Meer von komplexen, miteinander verflochtenen Überzeugungen hoffnungslos die Orientierung zu verlieren, beschränkt sich in dieser Ausstellung das Interesse auf fünf thematische Bereiche: Stifte und Nadeln, Schuhe und Strümpfe, Körperteile und Ausscheidungen, Donner und Blitz, Insekten und andere Lebewesen.«

So glitten wir denn abermals hinüber auf typisch jurassisches Gebiet; nachdem wir auf offensichtlich festem Grund und Boden angefangen hatten, fanden wir uns nun in Gegenden wieder ... also, wo wir uns eigentlich wiederfanden, davon hatten wir nicht den blassesten Schimmer. Die Stimme erläuterte nun den Titel der Ausstellung, der Bezug nehme auf Bestattungspraktiken im hellenistischen Griechenland, wo die Bienen als »die Vögel der Muse« gegolten und deshalb Anspruch darauf gehabt hätten, von allen wichtigen Familienereignissen in Kenntnis gesetzt zu werden. Es habe aufwendige Rituale gegeben, bei denen es um Kinder und Bienenkörbe gegangen sei; »wir treffen«, fuhr die Stimme fort, »eine große Menge weiterer Praktiken an, die sich um die Bienen drehen. Menschen, die mit den Bienen vertraut sind, halten diese für ruhige, nüchterne Wesen, die etwas gegen Lügen, Betrügen und menstruierende Frauen haben. Bienen gedeihen nicht in einer zänkischen Familie, mögen keine unflätigen Ausdrücke und sollten niemals gekauft oder verkauft werden.« Und so weiter.

Schließlich zog die Stimme, während im Hintergrund die schwellenden Klänge des Chorgesangs aus Pergolesis *Stabat mater* zu hören waren, das Fazit: »Wie die Bienen, denen diese Ausstellung ihren Namen entlehnt, sind wir Individuen, aber wir sind auch wie die Bienen zweifellos ein Kollektiv, und als Kollektiv haben wir uns im Laufe der Jahrtausende einen Stock, ein Zuhause, erbaut. Wir wären, gelinde gesagt, töricht, wenn wir diesem sorgsam und liebevoll eingerichteten Zuhause den Rücken kehrten, zumal heute, in diesen ungewissen und beunruhigenden Zeiten.«

Ungewiß und beunruhigend waren, wie es mir vorkam, zwei gute und passende Bezeichnungen. Ich nahm den Kopfhörer ab und begann schweigend zwischen den halbfertigen Schaukästen umherzuschlendern. (Drüben in der Ecke an seiner Werkbank schien Wilson völlig in seine Arbeit versunken und hatte meine Anwesenheit offenbar völlig vergessen.)

Ein Kasten, der anscheinend fertig war, enthielt eine Phiole mit einer intensiv bernsteinfarbenen Flüssigkeit, dazu eine merkwürdige kleine Bürste, die aussah wie eine Zahnbürste, nur daß sie Drahtborsten hatte. Der Begleittext lautete:

URIN

Wie Speichel hat auch Urin heilsame oder vorbeugende Eigenschaften; zu den wirksamsten und am häufigsten praktizierten Abwehrzaubern gehört ohne Frage die Verbindung beider in der Form, daß man in Urin spuckt.
Vielfach ist es am Neujahrstag Usus, daß die älteste Frau in der Familie mittels einer kleinen Bürste die Tiere im Haushalt mit Urin besprengt und dann nacheinander die einzelnen Angehörigen der Familie, während sie dem Bett entsteigen.

In einer anderen Vitrine war eine Wachsmaske zu sehen, in deren Mund der Schnabel eines ausgestopften Entenkopfes hineinragte:

ENTENATEM

Kinder, die an Soor und anderen Pilzerkrankungen in Mund und Hals leiden, können dadurch geheilt werden, daß man in ihren Mund eine Zeitlang den Schnabel einer Ente oder Gans steckt. Der kalte Atem des Federviehs wird von dem Kind aufgenommen, und die Beschwerden verschwinden.

David erklärte mir anschließend, er sei mit diesem Exponat noch nicht recht zufrieden. Das Wachsgesicht sehe zu alt aus; er beabsichtige, statt dessen das Gesicht seiner Tochter DanRae in Wachs zu gießen – er sei nur einfach noch noch nicht dazu gekommen. (Gab es nicht früher eine surrealistische Komödiantentruppe namens Theater des Entenatemmysteriums? Ich unterließ es nachzufragen.)

Da war auch eine große, unerklärlich elegant aussehende Schere (eine altertümliche Schere für die Schafschur, wie ich später erfuhr), die senkrecht stand; David war offenbar damit beschäftigt, im Untergestell der Auslage einen Mechanismus anzubringen, der es den beiden Schenkeln der Schere ermöglichte, sich in einer sanft einschläfernden Bewegung zu öffnen und zu schließen. Der Erläuterungstext hatte folgenden Wortlaut:

SCHERE BEIM HOCHZEITSFEST

Jemand, der dem Bräutigam übelgesinnt ist, stellt sich hinter den von Festtagsfreude erfüllten Mann, hält eine offene Schere in der Hand und ruft seinen Namen. Wenn sich der Bräutigam umdreht, um zu antworten, läßt man die Schere zuschnappen, woraufhin der Bräutigam außerstande ist, die eheliche Vereinigung zu vollziehen.

Und es gab noch gut zwei Dutzend weitere Exponate, jedes von ihnen liebevoll und mit größter Sorgfalt hergerichtet: ungewiß und beunruhigend und höchst spaßig – und auch wieder nicht.

Während ich zum Aufbruch rüstete, bemerkte ich eine köstlich gebräunte einzelne Pastete, die neben einer verbrannten Toastscheibe lag. Auf dem Toast lagen zwei tote Mäuse. MAUSKUREN lautete der Titel, der sich auf das

Mäuse auf Toast und Mauspastete

Gesamtarrangement bezog, wobei es zu jedem der beiden Gerichte auch noch einen eigenen Begleittext gab. Der Text unter dem ersten lautete: »Mauspastete, deren regelmäßiger Genuß Kinder vom Stottern heilt.« Unter dem verbrannten Toast konnte man lesen: »Bettnässen oder allgemeine Harninkontinenz läßt sich durch den Verzehr von Mäusen auf Toast bekämpfen, wobei die Mäuse mit Haut und Haar gegessen werden müssen.«

Anschließend folgte in Kursivschrift ein Zitat:

> *Eyn gebalgt Maus oder zerstampfet und in eym Zug getrunken, hülfet allen, wo nicht ihr Wasser kunnen halten oder bewahrn: zumalen, wenn es drei Tag lang dieserarten genossen. Das seyn wahrhaftig und vielmalen bewähret.*
> 1579 Lupton
> *Tausend Merkwürdigkeiten* I/40

An Ort und Stelle legte ich einen Schwur ab, den ich auch gehalten habe: nicht in die Bibliothek zu gehen und dem Lupton-Verweis nachzuforschen. Irgendwann ist Schluß. Nein, wirklich!

Es war schon spät – tatsächlich verpaßte ich diesmal ein Flugzeug –, deshalb sagte ich David rasch Lebewohl und entschwand durch einen Flur, der vom Arbeitsraum ins eigentliche Museum führte. Die Räumlichkeiten, die dem Arbeitsraum am nächsten lagen und durch eine Wand von ihm getrennt waren, sollten in Kürze »Sag den Bienen« aufnehmen; vorerst aber beherbergten sie noch eine herrliche Wanderausstellung, eine Leihgabe des Mütter-Museums. Vom Mütter-Museum hatte ich schon gehört, und ich wußte, daß es dieses Museum tatsächlich gibt. Gegründet wurde es im Jahre 1858, als Dr. Thomas Dent Mütter seine einzigartige (und ohne Frage bizarre) Sammlung von anatomischen und pathologischen Kuriositäten, die er zu Lehrzwecken angehäuft hatte, der Medizinischen Hochschule in Philadelphia vermachte, wo sie sich bis zum heutigen Tage befindet (mittlerweile dank stetigen Zuwachses in stark erweiterter Form). Es ist ein Ort, an dem man das Skelett eines Riesen (2,25 Meter) neben dem eines Zwerges (1,05 Meter) emporragen sehen kann oder das Skelett (die Skelette?) von siamesischen Zwillingen oder Wachsabgüsse aller möglichen Bösartigkeiten oder den Tumor, der 1893 in einer geheimen Operation aus Präsident Grover Clevelands Kiefer entfernt wurde.*

Die Mütter-Ausstellung im Jurassischen Museum zeigte

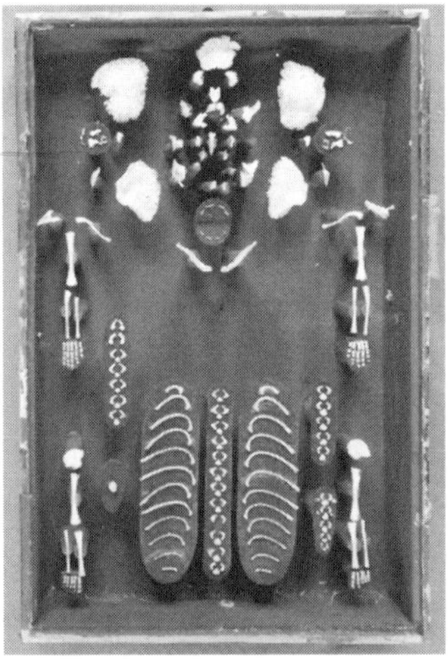

Zerlegtes Skelett eines drei Monate alten Fötus aus der Sammlung des Mütter-Museums in Philadelphia

Dr. Chevalier Jacksons Sammlung inhalierter Fremdkörper

eine Reihe von geheimnisvollen und vage bedrohlichen alten chirurgischen Instrumenten, den Gipsabdruck eines trepanierten Schädels aus Peru, verschiedene Gallensteine, einige erstaunliche Fotos von aufgeschnittenen Köpfen und gespenstischen Glasglocken, Wachsmodelle von syphilitischen Zungen ... Es gab ein herzzerreißend grandioses Exponat, das auf einem flachen schwarzen Samtuntergrund, liebevoll ausgeleuchtet, die 206 winzigen unfertigen Knöchelchen eines dreimonatigen Fötus zeigte, einer Fehlgeburt; jedes einzelne Knöchelchen war für sich und lag schimmernd da: der Brustkorb wie ein zerbrechliches Arrangement aus filetierten Gräten, die Fingerspitzen wie eine Reihe von kleinen, zufällig angewehten Schuppen.

Es gab einen Kasten mit Schubladen, vollgestopft mit einer Sammlung, die ein pedantischer Arzt namens Chevalier Jackson während der ersten Jahrzehnte unseres Jahrhunderts angelegt hatte. In einer Vielzahl säuberlich abgeteilter kleiner Fächer lagen Glanzlichter aus dem Sortiment von Fremdkörpern, die der gute Doktor im Lauf der Jahre aus den Luftröhren und Verdauungstrakten zahlreicher würgender Opfer herausgezogen hatte (Münzen, Ringe, Kettchen, Kruzifixe, Murmeln, Puppenarme, ein Spielzeugschlachtschiff), einschließlich Dokumentation über das Alter, die Person und das Schicksal des jeweiligen Verschluckers.

Alles war echt, alles war real, sogar ...

Es war mittlerweile höchste Zeit, und ich mußte unbedingt los, aber gerade als ich durch die Tür gehen wollte, blickte ich zufällig in eine letzte Vitrine, die gleich daneben stand, und dort lag, effektvoll angestrahlt, das wirkliche, einsame Überbleibsel *eines echten menschlichen Horns*, ein spiralförmiger verknöcherter Auswuchs (»20 cm lang und zwischen 1 und 3 cm im Durchmesser«), Mitte des letzten Jahrhunderts abgesägt vom Schädel einer namenlosen siebzig Jahre alten Frau durch einen gewissen Dr. med. S. Beaus.

Tja, und was lehrt uns das?*

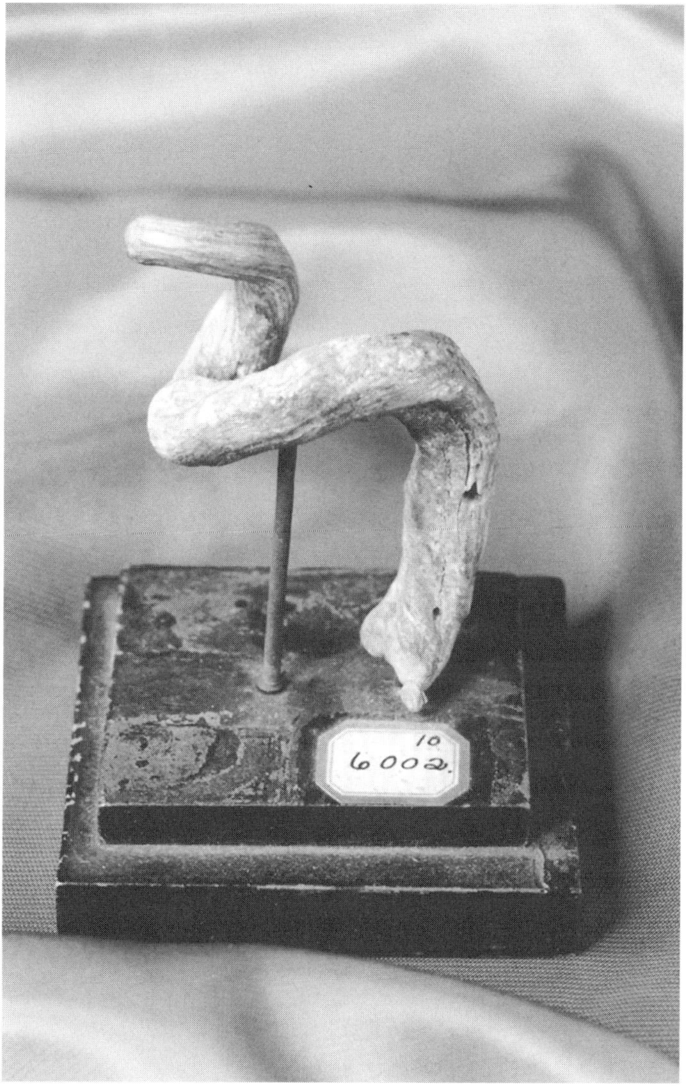

Horn einer jungen Frau (19. Jahrhundert) aus der Sammlung des Mütter-Museums in Philadelphia

Anmerkungen

David Wilson, der Direktor vor seinem Museum

TEIL EINS
Das Einatmen der Spore

S. 57: »... wie sie all das verkraftet.«

Wie ich bei einem späteren Gespräch erfuhr, stammte Dianas Vater aus Terre Haute, Indiana; er starb allerdings schon, als sie noch ein junges Mädchen war. Davids Vater kam aus Lincoln, Nebraska. Die Familie seiner Mutter hatte ihre Wurzeln in Irland, genauer gesagt in Ulster. Details dieser Art tauchten in unseren Unterhaltungen gelegentlich auf – erwähnt wurde etwa Socorro in New Mexico mit seiner riesigen Phalanx von Radioteleskopen, die auf fahrende Eisenbahnwaggons montiert sind, oder Düsseldorf, die Heimatstadt des Künstlers und modernen Schamanen Joseph Beuys –, aber stets nur am Rande. Sooft ich versuchte, David dazu zu bringen, mir über die geheimnisvoll ansprechende Reihe von Ortsnamen im Copyright seiner diversen Museumsveröffentlichungen Näheres zu enthüllen, wurde er besonders vage und ausweichend, drehte und wand sich und wechselte dann kurzerhand das Thema. Mar en Beg und Mar en Mor sind, wie sich schließlich herausstellte, kleine Dörfer in der Grafschaft Donegal im zur Irischen Republik gehörenden Teil von Ulster. Bhopal,

Beirut, Pretoria, Teheran? »Einige Orte, an denen seinerzeit viel Leid geschah«, deutete David eines Vormittags freundlich an, ehe er jäh innehielt und die alte Undurchdringlichkeit zurückgewann.

S. 63: ... ob sie Gerard Billius' Enkelin ist oder nicht.
Die nebulöse Unbestimmtheit, die Wilson ausstrahlt, scheint sich übrigens auch häufig der Realität als solcher mitzuteilen. Etwas später gelang es mir, eine Mary Rose Cannon in Pasadena aufzuspüren, die auch wirklich aus Texas stammte; sie kannte Wilson, und sie hatte tatsächlich dem Museum einige frühe Sammlungen überlassen (»die Schmetterlinge zum Beispiel«); wie sie mir erzählte, lagerten in ihrer Garage noch alle möglichen anderen Sammlungen (unter anderem Vogelfedern, Briefbeschwerer, aus Klapperschlangenhaut und aus Piranhas gefertigt, Bechergläser, die in Apotheken des 19. Jahrhunderts für die Parfümherstellung benutzt wurden); als ich sie aber fragte, ob sie wirklich die Enkelin eines Rechtsanwalts namens Gerard Billius sei, verstummte sie für kurze Zeit. »Also«, sagte sie schließlich, »nicht ausgeschlossen. Ich wurde nämlich adoptiert, müssen Sie wissen; meine Großeltern habe ich deshalb nicht gekannt. Es hat nicht viel gefehlt, und ich wäre von Roy Rogers und Dale Evans adoptiert worden. Sie besuchten das Waisenhaus, ich saß auf seinen Knien, und sie waren so gut wie entschlossen, mich zu nehmen; bloß stellte sich heraus, daß sie nur ein Mädchen wollten, während zu mir noch mein Bruder gehörte – wir waren eine Art Pauschalangebot; deshalb ließen sie es sein, und wir wurden schließlich von jemand anders adoptiert. Wir bekamen neue Namen und wußten eigentlich nie, wer unsere Großeltern waren. Obwohl wir einiges Zeug von ihnen erbten, nachdem sie gestorben waren.«

S. 65: ... was »zwischen« ihm und der Welt geschieht.
Namentlich wollte David sichergestellt wissen, daß ich mindestens festhielt, welch »völlig unschätzbare Beiträge« Museumskollegen wie Mark Francis Rossi (Chefkustos), Sarah Simons (Verwaltungsdirektorin/Bibliothekarin), Harold Chambers (For-

schungsleiter), Rex Ravenelle (Ausstellungsleiter), Kristina Marrin (Kuratorin) und Bridget Marrin (Assistenzkuratorin) geleistet hatten.

S. 72: »Und das ist noch längst nicht alles«, versicherte mir die Stimme.
Und so verhält es sich in der Tat. Zu den neuesten Entwicklungen in diesem Bereich, der ein sprunghaftes Wachstum durchgemacht hat (kann man von einer Technik sagen, daß sie einen sprunghaften *Schrumpfungs*prozeß durchläuft?), siehe das Buch von Ed Regis, *Nano: The Emerging Science of Nanotechnology: Remaking the World – Molecule by Molecule* (Little, Brown & Co., Boston 1995), in dessen Zentrum die erstaunliche Karriere des Nanotheoretikers und Ingenieurs K. Eric Drexler steht, der offenbar seinem Ziel immer näher kommt, aus bloßen Strängen von Einzelatomen funktionierende Nanoroboter zu fertigen, die dann ihrerseits von der molekularen Pike auf praktisch alles Beliebige fertigen könnten (Impfstoffe, Beefsteaks, Autos, Raumstationen)!

Das derzeit explosionsartig erwachte Interesse an diesem Bereich hat (wie sich das bei den meisten Dingen herauszustellen pflegt) seine Vorgeschichte: Vor über fünfunddreißig Jahren, im Dezember 1959, veranstaltete der am California Institute of Technology lehrende Physiker Richard Feynman anläßlich einer Tagung der Amerikanischen Physikalischen Gesellschaft ein »Gespräch nach Tisch«, dem er den entwaffnend spitzbübischen Titel »Ganz unten ist reichlich Platz« gab. In diesem Gespräch skizzierte Feynman die Möglichkeit einer sprunghaft fortschreitenden technischen Miniaturisierung (das war seiner Ansicht nach zum Beispiel in der Weise durchführbar, daß ein Roboter geschaffen wurde, der darauf programmiert war, eine halb so große Kopie von sich selbst zu fertigen, die wiederum eine halb so große Kopie von sich produzieren würde, und so weiter ad diminutandum). Feynman, der sich vorstellte, eines Tages lasse sich vielleicht die gesamte *Encyclopædia Britannica* auf dem Kopf einer Stecknadel unterbringen, setzte dann eine Belohnung von 1000 Dollar für denjenigen aus, »der als erster die Informationen einer Buchseite auf einer im Maßstab 1:25 000 linear verkleinerten Fläche so unterbringt, daß sie mit einem Elektronenmikroskop gelesen werden kann« (Regis, S. 69).

Diese Belohnung blieb bis zum November 1985 unabgeholt, doch dann trommelte Tom Newman, ein Aufbaustudent im Fach Elektrotechnik an der Stanford University, ein Team von Experten auf dem Gebiet der im Entstehen begriffenen Technik der Elektronenstrahl-Lithographie zusammen und übertrug mit ihnen die erste Seite des Dickensschen Romans *Geschichte zweier Städte* (»Es war die beste aller Zeiten, es war die schlimmste aller Zeiten ...«) auf ein Quadrat von einem hundertsechzigstel Millimeter Seitenlänge fein säuberlich auf den Kopf einer Stecknadel. Wie Regis berichtet, erwies sich als Newmans größtes technisches Problem im Zusammenhang mit einer derart kleinformatigen Niederschrift »die praktische Wiederauffindbarkeit des Textes, nachdem er auf der Oberfläche geschrieben stand. Bei einem Maßstab von 1:25 000 war ein Stecknadelkopf ein ungeheuer großes Gebiet.« Regis zitiert anschließend Newman mit den Worten: »Eine Textseite wiederzufinden erwies sich als schwierige Aufgabe, weil die Seite im Vergleich zu der Fläche, auf die wir sie schrieben, so klein war. Sucht man mit geringer Vergrößerung, ist es schwer, im Elektronenmikroskop etwas zu entdecken. Holt man die Sache aber heran, ist man zu nah, und man braucht Ewigkeiten, ehe man überall nachgeschaut hat. Wir mußten also von jeder Stichprobe eine kleine Straßenkarte anlegen, auf der hier ein kleines Stäubchen, dort ein winziger Splitter verzeichnet war; mit Hilfe dieser Karte konnten wir den Text dann einkreisen. Aber hatte man ihn erst auf dem Bildschirm, war er ziemlich gut lesbar« (S. 146).

S. 76: »... Die ersten Schichten sind nur ein Filter ...«
Mir schoß plötzlich Rainer Maria Rilkes brieflicher Rat an einen jungen Dichter durch den Kopf: »Ironie: Lassen Sie sich nicht von ihr beherrschen, besonders nicht in unschöpferischen Momenten. In schöpferischen versuchen Sie es, sich ihrer zu bedienen, als eines Mittels mehr, das Leben zu fassen. Rein ge-

braucht, ist auch sie rein, und man muß sich ihrer nicht schämen; und fühlen Sie sich ihr zu vertraut, fürchten Sie die wachsende Vertraulichkeit mit ihr, dann wenden Sie sich an große und ernste Gegenstände, vor denen sie klein und hilflos wird. Suchen Sie die Tiefe der Dinge: dort steigt Ironie nie hinab, – und wenn Sie so an den Rand des Großen führen, erproben Sie gleichzeitig, ob diese Auffassungsart einer Notwendigkeit Ihres Wesens entspringt. Denn unter dem Einfluß ernster Dinge wird sie entweder von Ihnen abfallen (wenn sie etwas Zufälliges ist), oder aber sie wird (so sie wirklich eingeboren Ihnen zugehört) erstarken zu einem ernsten Werkzeug und sich einordnen in die Reihe der Mittel, mit denen Sie Ihre Kunst werden bilden müssen.« (Rilke, *Briefe an einen jungen Dichter*, Leipzig 1929, S. 14 f.).

TEIL ZWEI
Hirnwachstum

S. 90: ... in seinen Besitz zu bringen.
Borges' Geschichte weist in der Tat auch ungeheuer starke Anklänge an das Wilsonsche Projekt auf. »Die Metaphysiker auf Tlön«, vermerkt Borges, »suchen nicht die Wahrheit, ja nicht einmal die Wahrscheinlichkeit: sie suchen das Erstaunen.« An anderer Stelle berichtet er: »Eine der Schulen von Tlön kommt zur Leugnung der Zeit: sie stellt die Überlegung an, daß die Gegenwart undefiniert ist, daß die Zukunft nur als gegenwärtige Hoffnung Wirklichkeit habe, daß die Vergangenheit nur als gegenwärtige Erinnerung Wirklichkeit habe. Eine andere Schule behauptet, daß bereits *die ganze Zeit* abgelaufen und daß unser Leben nur die nachdämmernde Erinnerung oder der unzweifelhaft verfälschte und verstümmelte Widerschein eines unwiederbringlichen Vorgangs sei« (*Erzählungen I,* München 1981, S. 102). Dem Leser wird natürlich nicht entgangen sein, daß sich die Iguaçufälle, wo Geoffrey Sonnabend im Jahre 1936 in einer langen Nacht die Augen aufgingen, nur ein paar hundert Kilo-

meter nördlich von Buenos Aires befinden, der Stadt, in der zur gleichen Zeit Borges als leitender Bibliothekar das Zepter führte. Als ich Wilson direkt fragte, ob er die Geschichte von Borges kenne, reagierte er äußerst wortkarg, wobei er mir allerdings nicht widersprach, sondern vielmehr lächelte, als ich die Vermutung äußerte, der Verweis auf Buenos Aires in der Aufzählung von Ortsnamen im Zusammenhang mit den verschiedenen Museumspublikationen im Copyright stelle ebenso eine Anspielung auf Borges dar, wie der Ortsname Düsseldorf offenbar auf Beuys anspiele.

Der Bibliothekar von Buenos Aires

Was diese letztgenannte Vermutung angeht, könnte man allerdings eine Passage aus Heft 1 im ersten Band von Ricky Jays *Journal of Anomalies* (Los Angeles, Frühjahr 1994) anführen. (Jay ist übrigens auch ein Fan des MJT.) Nach der Schilderung einer berühmten Dressurnummer aus dem 19. Jahrhundert in London, bei der ein Hund Rechenkunststücke vollführte, bemerkt Jay, Charles Dickens berichte irgendwo, daß er selbst zweimal an einer Vorstellung mit diesem Hund teilgenommen habe und daß er danach hinter die Bühne gegangen sei, um dem Veranstalter seine schlaue Theorie darüber vorzutragen, wie dieser den Hund darauf abgerichtet habe, genau die richtige Karte zu wählen. »Und er stritt nicht ab, daß ich seine Methode herausgefunden hatte«, stelle Dickens zum Schluß selbstzufrieden fest.

Dazu führt Jay aus: »Diese Geschichte hat einen überraschend modernen Klang, und zwar nicht was die Hundenummer betrifft, sondern was den Austausch zwischen dem Amateur und dem professionellen Zauberkünstler angeht. Nach altehrwürdiger Tradition kommt der gründlich hinters Licht geführte Amateur wieder, um sich die Sache genauer anzusehen. Er denkt sich ein Prozedere aus, das zwar fast mit Sicherheit nicht zutrifft (oder bestenfalls nur eine teilweise Erklärung liefert), das ihn selbst aber zufriedenstellt. Jetzt konfrontiert er den Zauberkünstler mit seiner Theorie und trägt sie ihm voll Stolz vor (im Unterschied zu vielen seiner heutigen Kollegen war Dickens rücksichtsvoll genug, zu warten, bis niemand sonst mehr anwesend war). Der Veranstalter lächelt und schweigt. Das interpretiert der Amateur als Zeichen der Zustimmung. Überzeugt von seiner bemerkenswerten Beobachtungsgabe und analytischen Fähigkeit, verabschiedet sich der Neuling, strahlend vor Selbstzufriedenheit.«

S. 93: (... der bei Nacht phosphoreszierte.)
Oder nehmen wir als anderes Beispiel eine Stelle bei Edward Brown in seiner 1673 erschienenen Monographie *A Brief Account of Some Travels in Divers Parts of Europe...* (den vollständigen Titel, der noch einen ganzen Abschnitt lang weitergeht, erspare ich dem Leser): Brown berichtet, wie er während seines Aufenthalts in Leipzig den dortigen Bürgermeister, einen gewissen Herrn von Adlershelme, »einen vornehmen gelehrten Herrn und großen Kunstliebhaber«, aufgesucht habe, »der gar vielerlei gesammelt und beobachtet« und in seiner »Raritätenkammer« viele Dinge zusammengetragen habe, die, wie Brown sich ausdrückt, »bedenkenswert« seien. Brown zählt anschließend auf:

> Der Kopf eines Elefanten mit den Stoßzähnen darinnen. Ein Tier wie ein Armadillo, aber die Schuppen sind viel größer und der Schwanz ist breiter. Sehr große fliegende Fische. Ein Seepferd. Brot vom Berg Libanus. Ein Zypressenzweig mit der Frucht daran. Große Granatsteine, wie sie im Bergwerk wachsen. Die Hand einer Sirene. Ein Chamäleon. Ein Stück Eisen, das eine Speerspitze zu sein scheint, die in einem Elefantenzahn gefunden wurde, in den sie eingewachsen war. Die Insel Jersey, gezeichnet von unserem König Karl dem Zweiten. Ein Stück Holz mit dem Blut von König Karl dem Ersten darauf. Eine Lanze aus Grönland mit einer großen Glocke an ihrem Schaftende. Viel japanische Malerei, auf der man sehen kann, wie sie jagen und arbeiten. Ein Bildnis unseres Heilands, [auf dessen] Schraffierungslinien die Geschichte seiner Passion ... geschrieben ... steht. Biber, die in der Elbe gefangen wurden. Ein von Albrecht Dürer ausgeführtes Bildnis des bethlehemitischen

Kindermords. Bilder von etlichem merkwürdigem Federvieh. Ein Grönlandboot. Die Felle von weißen Bären, Tigern, Wölfen und anderen wilden Tieren. Und nicht vergessen darf ich das Strumpfband einer englischen Braut nebst dazugehöriger Geschichte; daß nach englischem Brauch der Bräutigam es abnimmt und in seinem Hut trägt, was den Deutschen so merkwürdig erschien, daß ich mich verpflichtet fühlte, es ihnen zu bestätigen, indem ich ihnen versicherte, daß ich selbst solch ein Strumpfband mehrfach getragen hatte.

Ein blutbeschmiertes Stück Holz, ein ausgestopfter Biber, der Stoßzahn eines Elefanten, die Hand einer Sirene, ein bräutliches Strumpfband *und ein Gemälde von Dürer* – kein untypischer Schatz. Und für vieles, was uns heute als Meisterwerke der Renaissance und des Barock gilt, war es auch keineswegs untypisch, daß der Weg, auf dem sie zu uns kamen, über kunterbunte Sammlungen wie diese führte.

S. 95: »... der ganze Körper ... verkrampft.«
Natürlich waren die Amerikaner, die sich plötzlich mit den Europäern konfrontiert sahen, ihrerseits nicht weniger überrascht. In einer Tagebucheintragung, in der Kolumbus eine der ersten Gelegenheiten beschreibt, bei denen er mit der Neuen Welt in Berührung kam (es war am 18. Dezember 1492 vor der Insel Tortuga), schildert er, wie ein »König« der Eingeborenen und mehrere »Ratgeber« im Kanu zu seinem Schiff kamen und an einem Austausch von Geschenken teilnahmen: »Er sagte noch vieles andere, was ich nicht verstand«, gesteht Kolumbus, »abgesehen davon, daß er sich, wie ich wohl merkte, über alles höchlichst verwunderte« (zitiert in Greenblatt, *Marvelous Possessions*, University of Chicago Press, Chicago 1991, S. 26). Und selbst wenn man solch eine Einschätzung teilweise der Projektion zuschreiben mag, kann man sich doch das ehrfürchtige Staunen der Betroffenen gut vorstellen – und es sich noch besser vergegenwärtigen, wie wiederholt geschehen, zum Beispiel im ersten Band der Trilogie *Erinnerung an das Feuer* des uruguayischen Schriftstellers Eduardo Galeano, wo mehrere solcher Augenblicke herauf-

beschworen werden. Als zum Beispiel die Eingeborenen der Molukken sahen, wie von den Magellanschen Galeonen Landungsboote ausgesetzt wurden, »hielten sie diese Boote für kleine Töchter der Schiffe und dachten, die Schiffe brächten sie zur Welt und säugten sie« (S. 73 f.). Andernorts erwachten die Eingeborenen und sahen sich ebenso verständnislos wie ungläubig ganzen schwimmenden Inseln gegenüber, die mit flaumigen, in der Brise flatternden Wolken plötzlich vor ihrer Küste dümpelten. Und wie allgemein bekannt, hielten die Azteken die Männer des Cortés, die auf ihren Pferden saßen, für Götter.

Interessanterweise überdauerte dieser Sinn fürs Wunderbare – dieses Staunen über die Welt – in Lateinamerika viel länger als im Norden (zum Teil vielleicht deshalb, weil dort die Eingeborenenvölker selbst viel länger überlebten, sowohl als eigene Ethnien als auch durch Vermischung). Das ist auch ohne Frage der Grund, warum die lateinamerikanische Literatur eine solche Neigung zum magischen Realismus beweist. Nicht von ungefähr ist Borges Argentinier. Oder schauen wir uns in diesem Zusammenhang an, wie am Ende des ersten Kapitels von Gabriel García Márquez' *Hundert Jahre Einsamkeit*, Köln/Berlin 1977, S. 28) das Eis entdeckt wird:

> Der kleine José Arkadio weigerte sich, es zu berühren. Aureliano hingegen machte einen Schritt vorwärts, legte die Hand darauf und zog sie unverzüglich zurück: »Es kocht«, rief er erschrocken. Doch sein Vater achtete nicht auf ihn. Trunken von dem Beweis des Wunders, vergaß er in diesem Augenblick den Fehlschlag seiner Wahnunternehmungen und den dem Heißhunger der Kraken überlassenen Leichnam des Melchíades. Er zahlte weitere 5 Reales und, die Hand auf dem Eisblock ruhen lassend, rief er, als schwöre er bei der Heiligen Schrift: »Das ist die größte Erfindung der Welt.«

S. 95: »... flattert mein Herz.«
»Und jetzt stehe ich auf der Avenida Rio Branco, wo einst die alten Tupinamba-Dörfer lagen; aber ich trage Jean de Léry in der Tasche, das Brevier des Ethnologen. Es sind fast auf den Tag

378 Jahre her, daß Léry in Begleitung von zehn anderen Genfern hier ankam ...« Claude Lévi-Strauss, der sich an seine Ankunft in Rio im Jahre 1934 erinnert (*Traurige Tropen*, Frankfurt a.M. 1996, S. 71). Ein paar Seiten später nennt er Lérys Buch »ein Meisterwerk der ethnologischen Literatur« (S. 74).

S. 96: »... und emotionalen Zentrum des Beobachters.«
Diese Überlegungen führen zu einigen der faszinierendsten analytischen Bemühungen in Greenblatts Buch, wo sich Greenblatt nämlich nach der *Funktion* dieses ganzen Wundererlebens fragt. Jawohl, Kolumbus sei überwältigt gewesen von all dem Wunderbaren, das er erlebte – das Wort selbst kehrt in seinen Tagebüchern und Berichten so oft wieder, daß kein Geringerer als der König von Spanien bei Gelegenheit äußerte, der passende Name für Kolumbus sei eigentlich nicht *Almirante*, der Admiral, sondern *Admirans*, derjenige, der sich wundert (S. 83). Aber so viel Verwunderung, meint Greenblatt, sei auch eine nützliche Tarnung gewesen (ich vereinfache Greenblatts Überlegungen stark), denn in seinen Schriften »versucht Columbus den Leser in Staunen zu versetzen, ihm ein Gefühl des Wunderbaren zu vermitteln, das tatsächlich die Leere im Zentrum des verstümmelten Rituals der Besitzergreifung ausfüllen soll«. Greenblatt denkt an jenen vielfach wiederholten Augenblick, da Kolumbus, nachdem er ein paar Kinkerlitzchen überreicht hat, von den jeweiligen Inseln im Namen des Königs von Spanien Besitz ergreift, wobei ihm keiner der Eingeborenen widerspricht, was er wiederum als Zeichen ihres Einverständnisses interpretiert. »Aber dieses Ritual war im Kern ... nichtig, eine Absurdität, die tragikomische Beschwörung der Möglichkeit einer Ablehnung, die gar nicht stattha-

Admirans *(einer, der sich wundert)*

ben konnte [und sei's auch nur, weil die beiden Parteien sich sprachlich gar nicht mitteilen, geschweige denn, über ihre wechselseitigen Vorstellungen von Eigentum verständigen konnten]: *y no me fué contradicho*« (S. 80).

In den Jahren nach Kolumbus, als die Europäer in den Wundern der Neuen Welt förmlich mit allen Sinnen schwelgten, gestattete ihnen dies, die Augen vor der beispiellosen Dezimierung zu schließen, der die Eingeborenenbevölkerung vor Ort und just zu diesem Zeitpunkt unterworfen wurde. Die wundertrunkenen Europäer waren so aus dem Häuschen, daß sie es fertigbrachten, das Gemetzel, das unter ihren Augen und in ihrem Namen veranstaltet wurde, einfach *nicht zur Kenntnis zu nehmen.* Man könnte in Anlehnung an Sartre sagen, daß der europäische Kontinent durch und durch unaufrichtig war.

In solchen Dingen kann es auch nützlich sein, sich an Walter Benjamin zu halten – wenn es in unserer Zeit einen Intellektuellen gegeben hat, der vom Geist der Wunderkammer beseelt war, dann war er es. In einem Essay, der sich in Benjamins *Illuminationen* findet, lesen wir die berühmt gewordenen Sätze: »[Die Kulturgüter] werden im historischen Materialisten mit einem distanzierten Betrachter zu rechnen haben. Denn was er an Kulturgütern überblickt, das ist ihm samt und sonders von einer Abkunft, die er nicht ohne Grauen bedenken kann ... Es ist niemals ein Dokument der Kultur, ohne zugleich ein solches der Barbarei zu sein. Und wie es selbst nicht frei ist von Barbarei, so ist es auch der Prozeß der Überlieferung nicht, in der es von dem einen an den andern gefallen ist.« Die Passage gipfelt in der Aufforderung an den historischen Materialisten, »die Geschichte gegen den Strich zu bürsten« (S. 254).

S. 98: ... gab ihnen ihre bleibende Bedeutung.
Und natürlich nicht nur den Wunderkammern: Die europäische Kultur befand sich insgesamt in einem Rauschzustand. John Donne, »Bettgang« mit der Geliebten (seine »Elegie 19«, die wie Platters Inventarisierung der Copeschen Sammlung um 1590 entstand):

Laß meine schweifenden Hände dich erkunden,
Von vorn, von hinten, zwischen, oben, unten.
Oh, mein Amerika, mein neuentdecktes Land,
Mein Königreich, am sichersten, wenn nur mit mir bemannt.
Mein Fundort kostbaren Gesteins, mein herrschaftlicher Plan,
Wie selig bin ich, wenn ich dich erforschen kann.

S. 98: ... als doch nicht so ohne weiteres aus der Welt zu schaffen.
Vor zwei Jahren glaubte meine damals fünfjährige Tochter Sara felsenfest an den Weihnachtsmann. Letztes Jahr wußte sie, daß er ein Phantasiegebilde war. Aber dieses Jahr war ihr Glaube an ihn leidenschaftlicher und fester gegründet als je zuvor.

S. 105: ... nach St. Petersburg reisen.
Genau das tat Rosamond Wolff Purcell im Zuge ihrer wunderbaren fotografischen Zusammenarbeit mit Stephen Jay Gould, deren Ergebnis das Buch *Finders, Keepers: Treasures and Oddities of Natural History* (Norton, New York 1992) war. Das erste Kapitel beschäftigt sich ausschließlich mit der bemerkenswerten Freundschaft zwischen Frederik Ruysch und Peter dem Großen. Tatsächlich hatten sich die beiden, rund zwanzig Jahre bevor Peter die Sammlung kaufte, kennengelernt, als der künftige Zar im Teenageralter durch Europa reiste und inkognito auf Werften in England und Holland arbeitete, wo er systematisch die praktischen Erfahrungen sammelte, die ihm wenig später von Nutzen waren, als er seine stürmische Kampagne zur Modernisierung Rußlands begann. Als Peter im Jahre 1717 Ruyschs Emporium kaufte, tat er das im Rahmen eines großangelegten Versuchs, eine der umfangreichsten Wunderkammern des Kontinents praktisch aus dem Boden zu stampfen, was ihm, wenn man so will, auch gelang. Nicht lange danach, nämlich im Jahre 1725, starb er allerdings, während Ruysch ihn um sechs Jahre überlebte. (Siehe auch Robert Massies *Peter the Great: His Life and World*, Knopf, New York 1980, S. 187, 814.)

Simon Schamas Buch über die Kultur im Goldenen Zeitalter Hollands, *The Embarrassment of Riches* (Knopf, New York 1987), enthält die Reproduktion eines verblüffenden Gemäldes

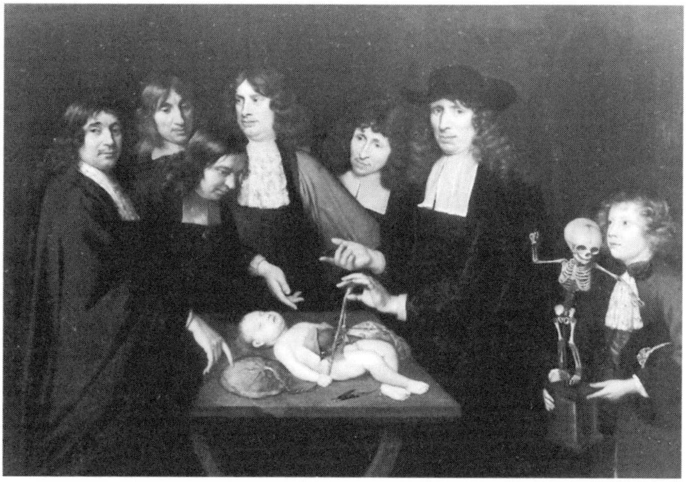

Jan van Neck, Die Anatomiestunde des Dr. Frederik Ruysch *(1683)*

von Jan van Neck aus dem Jahre 1683, das den Titel *Die Anatomiestunde von Dr. Frederik Ruysch* trägt und auf dem »ein totes Kleinkind vom Anatomen seziert wird, während dessen eigener Sohn, der rechts zu sehen ist, über die Geheimnisse des vergänglichen Fleisches und der unvergänglichen Wissenschaft nachsinnt« (S. 526). Es mag sich um Ruyschs Sohn handeln, aber es könnte genausogut auch seine *Tochter* namens Rachel sein, die ihrem Vater von Kindesbeinen an half (sie war nicht nur bei seiner anatomischen Präpariertätigkeit zugegen, sondern nähte auch die Spitzenmanschetten für einige seiner berühmtesten Säuglingspräparate) und die damals zu einer herausragenden Malerin heranwuchs und sich durch akribisch beobachtete Stilleben, besonders Blumenarrangements, hervortat; diese wurden enorm geschätzt und sogar zu höheren Preisen verkauft als Rembrandts Bilder. Sie malte sieben Jahrzehnte lang und starb 1750 im Alter von sechsundachtzig Jahren.

S. 107: ... Fortschritts im Bereich des positiven Wissens.
Es gab natürlich Ausnahmen – Gegenbewegungen zur Grund-

strömung. Arthur MacGregor von der Ashmoleschen Sammlung führt den englischen Universalgelehrten Henry Peacham an, der bereits im Jahre 1611 im Hinblick auf die plötzlich aus dem Boden schießenden Wunderkabinette klagt: »Warum ist der ungebildete Pöbel wie von Sinnen und drängt sich danach, Lächerlichkeiten und Spielereien zu begaffen, die das Anschauen nicht wert sind?« (*Tradescant's Rarities*, S. 17). Um diese Zeit gab es in England bereits genug Privatsammlungen, um, wie MacGregor anfügt, »das Interesse gewissenloser Händler und den Spott der Zweifler auf sich zu ziehen«. Er zitiert den Satiriker Thomas Nashe, der über diese leichtgläubigen Elstern schreibt: »Tausend läppische Dinge und Spielereien häufen sie unter unendlichen Kosten in ihren Kammern an; die ihnen das Zeug verkaufen, reden ihnen ein, es seien seltene und kostbare Dinge, obwohl sie doch auf einem Misthaufen aufgelesen wurden« (S. 71). In Shakespeares *Sturm* (1611) begeistert sich Trinculo an dem Gedanken, den wilden Caliban nach England zu schaffen. Er ist sich sicher, daß er dort jeden »Pfingstnarren« mühelos dazu bringen kann, ihm für die Besichtigung des Ungeheuers Geld zu bezahlen. »... wenn sie keinen Deut geben wollen, einem lahmen Bettler zu helfen, so wenden sie zehn dran, einen toten Indianer zu sehen« (II, 2, 30–32).

Und übrigens gab es, wie wir gleich sehen werden, auch noch eine Flut weiterer Einwände, die im wiederauflebenden Geiste einer sich neu formierenden empirischen Wissenschaft gründeten. Galilei zum Beispiel hatte wenig übrig für die »merkwürdigen kleinen Männer«, die sich wie Kinder damit amüsierten, kleine, läppische Sachen zu sammeln, »eine versteinerte Krabbe, ein ausgetrocknetes Chamäleon, eine Fliege oder Spinne in Gallert oder Bernstein, jene kleinen Tonfiguren, die angeblich in alten ägytischen Grabkammern gefunden wurden«. Seine Verachtung erstreckte sich auf die ganze Sammelmentalität, unabhängig davon, in welchem Medium sie sich ausdrückte: »Unser Dichter irrt ebensosehr, wie ein Maler in die Irre ginge, wenn er vorhätte, eine bestimmte Jagdszene darzustellen, und seine Leinwand mit Wildkaninchen, Hasen, Füchsen, Wildziegen, Rotwild, Wölfen, Bären, Löwen, Tigern, Ebern, Jagdhunden, Windspielen, Leoparden und allen möglichen anderen wilden Tieren vollkleisterte« – die Aufzählung klingt verdächtig nach dem Begleittext zum Mandelkern im MJT – »und Jagdtiere mit jeder Art Wildbret willkürlich gruppierte, so daß sein Gemälde eher einer Darstellung des Einzugs in die Arche Noah gliche als der Schilderung einer natürlichen Jagdszene« (zitiert in Lugli, »Inquiry as Collection«, *Res*, Herbst 1986, S. 109–111).

Und dennoch, trotz allem ... William Schupbach gelangt, nachdem er in seinem gelehrsamen Beitrag zum *Origins*-Band eine Latte vergleichbarer Einwände zusammengetragen hat, zu dem Schluß: »Gegen diese negativen Urteile muß das Wirken von Begründern solcher Kabinette wie Casabona, van Heurn, du Molinet und Francke gesetzt werden, die vom Verlangen nach sicherem Wissen nicht so völlig aufgezehrt wurden, daß sie ihren Sinn fürs Alte, Fragmentarische und Rätselhafte einbüßten« (S. 178).

S. 108: »... als den Kernpunkt des Erkennens betrachtete.«
Oder hören wir Albert Einstein, der sich in ganz ähnlichem Sinne äußert: »Das Schönste, was wir erleben können, ist das Geheimnisvolle. Es ist das Grundgefühl, das an der Wiege von wahrer Kunst und Wissenschaft steht. Wer es nicht kennt und sich nicht mehr wundern, nicht mehr staunen kann, der ist sozusagen tot und sein Auge erloschen« (Einstein, *Mein Weltbild*, Frankfurt/Berlin 1964, S. 9 f.).

Nebenbei bemerkt ziert der Name von Feynmans Sohn Carl die Liste der Förderer des Museums für Jurassische Technik.

S. 108: ... die prämodernen Quellen des postmodernen Denkens angezapft.
In seinem Buch *Art and Discontent: Theory at the Millennium* (McPherson & Co., Kingston 1991; dt.: *Kunst und Mißbehagen: Theorie am Ende des 20. Jahrhunderts*, München 1993) entwickelt der Kunstkritiker Thomas McEvilley die Vorstellung von einer periodischen Wiederkehr der Postmoderne oder vielmehr die Theorie, daß modernistische und postmodernistische Tendenzen einander im Verlauf der Geschichte abgelöst haben.

In diesem Zusammenhang deckt er zum Beispiel eine Reihe von überraschenden Ähnlichkeiten zwischen unserem eigenen postmodernistischen Ethos und dem der alexandrinisch-hellenistischen Zeit auf.

Ich glaube, daß wir im Blick auf das MJT von einer vergleichbaren periodischen Wiederkehr der *Prä*moderne sprechen können. Oder sind die beiden Arten von Wiederkehrendem (die Postmoderne und die Prämoderne) in Wahrheit ein und dasselbe? (In diesem Zusammenhang fällt auf, wieviel sich im prämodernen Denken des 16. und 17. Jahrhunderts, wie wir noch sehen werden, von hermetischen und okkulten Traditionen herleitet, die zuerst in alexandrinisch-hellenistischen und frühchristlichen Zeiten schriftlich festgehalten wurden.)

S. 111: ... wo sie auf mysteriöse Weise ertrunken war.
In dem Bericht von der Affäre, den er in dem *Tradescant's Rarities* betitelten Band liefert, gibt sich Martin Welch alle Mühe, Ashmole als die gekränkte Partei hinzustellen und Hester als diejenige, die sich unberechenbar und unehrenhaft verhielt. Nach Welch (der seine Ansicht mit fast schon überhitzter rhetorischer Verve vorträgt) würde jede andere Version »unsere Gutgläubigkeit überstrapazieren«.

S. 112: (... Ausnüchterung und Normalisierung solcher Wundergläubigkeit.)
Astrologie, Alchimie, Hexenprozesse, Okkultes und das Hermetische ganz allgemein ... Das Auftreten von Mr. Ashmole in unserem kurzen Abriß wirft ein Licht auf eine weitere neben der Entdeckung der Neuen Welt zu nennende Quelle, aus der sich der Sinn fürs Wunderbare speiste, der einen so großen Teil des intellektuellen Lebens im 16. und 17. Jahrhundert inspirierte und zumal der Ausbreitung von Wunderkabinetten Vorschub leistete. Die neuerwachte Wundergläubigkeit stützte sich auch, wenn man so will, auf eine Wiederentdeckung der Alten Welt und insbesondere auf das Wiederaufleben verschiedener alexandrinisch-hellenistischer und frühchristlicher Lehren, die das Wesen des Universums und die Handlungsfreiheit des Menschen

innerhalb des Universums betrafen – Lehren, die seit den Zeiten des Augustinus als wüst häretisch verpönt waren. Frances Yates hat für ihre berühmt gewordene bahnbrechende Abhandlung *Giordano Bruno and the Hermetic Tradition* (University of Chicago Press, 1964) diesem Wiederauftauchen lange unterdrückter Themen, zu dem es im 16. Jahrhundert kam, nachgeforscht. Insbesondere hat sie untersucht, welche Auswirkungen auf alle möglichen humanistischen Gelehrten der damaligen Zeit die Entdeckung des sogenannten *Corpus Hermeticum* hatte, einer Sammlung von Abhandlungen aus dem 2. Jahrhundert n. Chr., in denen mehrere aufeinander bezogene Stränge des zahlen- und sternkundlichen magischen Denkens des Neuplatonismus und der Gnosis zu Wort kamen; zunächst glaubten die Gelehrten des 16. Jahrhunderts irrtümlich, es handele sich dabei um das Werk eines einzelnen Magiers ägyptischer Herkunft, eines Zeitgenossen Abrahams namens Hermes Trismegistos (Hermes der dreimal Größte), der wiederum aus irgendeinem geheimnisvollen Grund mit dem griechischen Gott Hermes identifiziert wurde. Es ist leicht nachzuvollziehen, daß sich Humanisten wie Giordano Bruno zu einer Sammlung von Lehren hingezogen fühlten, die dem Anschein nach hinter die vielen religiösen Spaltungen zurückreichten, die mittlerweile allenthalben blutige Urständ feierten. (Weil er sich weigerte, von seinen undogmatischen Forschungen abzulassen, wurde Bruno selbst im Jahre 1600 auf dem Scheiterhaufen verbrannt.)

Und dann gab es natürlich, parallel dazu, das Wiederaufleben des Interesses an den Zwillingsdisziplinen Astrologie und Alchimie, zu dem es im gleichen Zeitraum und häufig in der gleichen Personengruppe kam. Das erste Kapitel des kürzlich erschienenen Buchs *Norton History of Chemistry* (Norton, New York 1992) von William Brock trägt den Titel: »Über die Natur des Universums und das Hermetische Museum«. (Nicht zufällig war eines der Hauptelemente, das in der alchimistischen Praxis Verwendung fand, nämlich das Quecksilber, seit späthellenistischen Zeiten unter dem Namen Mercurius bekannt – dem römischen Namen für den griechischen Gott Hermes; den gleichen Namen hatten zu einem ähnlich frühen Zeitpunkt die Astrologen auch dem betreffenden Planeten gegeben.) Tatsächlich hat sich die Chemie, wie wir sie heute kennen, erst nach und nach aus den merkwürdigen obsessiven Bemühungen der alchimistischen Schwarzkünstler entwickelt.

Immer wieder sehen sich die Erforscher der Geistesgeschichte des 17. Jahrhunderts (die aller Wahrscheinlichkeit nach einem der vergnüglichsten Geschäfte im akademischen Bereich nachgehen) vor der Aufgabe, sich in dieses merkwürdige Material zu vertiefen (das ganze Gebiet ist ein riesiges Kuriositätenkabinett). Allison Coudert zum Beispiel liefert uns einen eingehenden Bericht über Francis Mercurius van Helmont (1614–1698), dessen Vater, der Belgier Johan Baptist van Helmont, zu den interessantesten Figuren in der Frühgeschichte der modernen Chemie zählte (ihm sind fünf volle Seiten in Brocks Buch gewidmet). Der Sohn wurde geboren, »kurz nachdem sein Vater, der ein guter Chemiker war und sich nicht so leicht täuschen ließ, den Anspruch erhob, acht Unzen unedles Metall in Gold verwandelt zu haben. Dieses außerordentliche Ereignis erklärt vielleicht den ungewöhnlichen Namen des Sohnes, Mercurius, der ja von alchimistischen Anklängen strotzt« (siehe Couderts Beitrag in *The Shapes of Knowledge from the Renaissance to the Enlightenment*, hrsg. von Ronald R. Kelley und Richard H. Popkin, Kluwer Academic Publishers, Deventer/Holland 1991, S. 84). Mercurius van Helmont seinerseits entwickelte sich zu einem der führenden christlichen Propagatoren von hebräischen kabbalistischen Texten wie dem Sohar. Er war übrigens auch eng mit Gottfried Wilhelm von Leibniz (1646–1716) befreundet; Coudert führt gute Gründe dafür an, daß sowohl die Monadologie von Leibniz als auch dessen Infinitesimalrechnung (das heißt seine Erforschung des Unendlichen und unendlich Kleinen) kabbalistische Wurzeln hat.

Ähnlich setzte auch kein Geringerer als John Maynard Keynes im Jahre 1946 eine Zuhörerschaft in Cambridge in Erstaunen, als er die Ansicht äußerte: »Newton [1642–1727] war nicht der erste Vertreter des Zeitalters der Vernunft. Er war der letzte Magier, der letzte in der Tradition der Babylonier und Sumerer, der letzte große Geist, der mit den gleichen Augen auf die sichtbare und verstandesbestimmte Welt sah wie jene, die vor weniger als 10 000 Jahren unser geistiges Erbe zu schaffen begannen.« Keynes stellte anschließend fest, Newton sei in der ersten Phase seiner intellektuellen Entwicklung der Alchimie und anderen esoterischen Praktiken dieser Art »eindeutig mit Haut und Haar verfallen« gewesen, und dies »just in den Jahren, in denen er seine *Principia* schrieb«. Keynes, der Hunderte von Seiten aus Newtons eigenhändigen Aufzeichnungen über seine esoterischen Forschungen studiert hatte (die Aufzeichnungen liegen in den Archiven in Cambridge), kommt zu dem Schluß: »Es läßt sich schlechterdings nicht leugnen, daß [sie] durch und durch von magischem Denken beherrscht und ohne jeden wissenschaftlichen Wert [sind], wie auch kein Weg an der Tatsache vorbeiführt, daß Newton [ihnen] jahrelange Arbeit widmete« (aus »Newton, the Man«, in: Keynes, *Essays in Biography*, Norton, New York 1963, S. 311, 318 f.). In seinen späteren Jahren ließ Newton natürlich Verirrungen dieser Art hinter sich und zeigte der Nachwelt das strikt empiriewissenschaftliche Gesicht, das man so viel besser an ihm kennt; zeit seines Lebens verhinderte er stets, daß seine alchimistischen Papiere veröffentlicht wurden oder auch nur eingesehen werden konnten. Er erteilte allerdings auch nie die Anweisung, sie zu vernichten.

Der Alchimist von Cambridge

All diesen verschiedenen Geheimlehren und Geheimpraktiken waren gewisse Grundannahmen gemeinsam, die auch bei der Empfänglichkeit für Wunderkammern eine Rolle spielen. Da war zuerst einmal der innere (und eindeutig neue – oder jedenfalls neu gefaßte) Glaube an die Fähigkeit des Menschen, sich zu vervollkommnen, an sein Vermögen, aus eigener Kraft (also ohne unbedingt auf Christi Mittlerschaft bauen zu müssen) über das Los des gefallenen Adam hinauszugelangen, oder jedenfalls das Vermögen des einzelnen Eingeweihten, des jeweiligen Magiers, dies zu vollbringen. Sicher, der Alchimist etwa war damit beschäftigt, unedle Metalle in Gold zu verwandeln, aber das wurde immer als Parallelaktion zu und als symbolisch für Wandlungen angesehen, die er in sich selbst zu vollziehen strebte. Indem er jene materiellen Elemente bearbeitete, arbeitete er zugleich auch an den spirituellen Elementen, die in ihm angelegt waren, und das wiederum hatte am Ende vielleicht verblüffende Auswirkungen auf die Welt in ihrer Gesamtheit. (Man denke in diesem Zusammenhang an David Wilsons eigenes Offenbarungserlebnis und Missionsbewußtsein.) All diese Bemühungen bewegten sich im Kontext einer neuplatonischen Vorstellung vom Universum, das, mit Couderts Worten, »als eine große Kette des Seins« erschien, »in der Planeten, Menschen, Tiere, Pflanzen, Mineralien und Metalle in komplexen, hierarchisch geordneten Korrespondenzverhältnissen miteinander verknüpft sind«; diese Sichtweise »beförderte die Überzeugung, daß jedes existierende Ding in einem gewissen Maße anderes symbolisiert oder widerspiegelt« und zugleich in einem bestimmten Umfang eine Emanation der göttlichen Einheit verkörpert, die alle Dinge überspannt (S. 92).

Daher der Drang, alles zu sammeln, zu katalogisieren und zu erkunden – daher auch das wild wuchernde Interesse an Wunderkabinetten. Kircher zum Beispiel füllte sein jesuitisches Museum in Rom vorzugsweise mit Fundstücken, auf denen ägyptische Hieroglyphen zu sehen waren, da seiner Überzeugung nach Hermes Trismegistos der Erfinder der Hieroglyphen war und er danach fieberte, ihren geheimen Sinn zu enträtseln (siehe Yates, S. 417). Was Ashmole betrifft, so vertritt Yates die überzeugende These, dessen intellektuelle Genealogie reiche bis zu Brunos Aufenthalt in Oxford in den Jahren 1583–84 zurück; damals habe dieser »hermetische Magier extremster Ausprägung« seine neue Philosophie vorgetragen, deren Grundlage die ägyptische Offenbarung gewesen sei. Zwei Generationen danach, argumentiert sie weiter, sei dann Ashmole der »erste namentlich bekannte Freimaurer« (S. 415) Englands geworden und als solcher eingeweiht gewesen in ein ähnliches System von angeblich aus Ägypten stammenden Geheimlehren.

Der Kabinettbesitzer von Kopenhagen

S. 113: ... die das Prädikat »absonderlich« verdienten.
Darüber hinaus bezeugen die Briefe, wie vielfältig die Reaktionen auf die Sammlung waren. Unter diesen Reaktionen, die alles andere als absonderlich waren, fällt eine Stimmung gereizten Neides besonders auf. Als Willum Worm, der Sohn des dänischen Kabinettbesitzers Ole Worm, im Jahre 1658 »The Ark« besuchte und anschließend an seinen Vater schrieb, um ihm von dem Erlebnis zu berichten, antwortete dieser mit Blick auf Tradescant den Älteren: »Ich habe gehört, er war ein Schwachkopf« (zitiert in *Tradescant's Rarities*, S. 21, Anm. 17).

S. 115: ... der sich dorthin verirrt, in Augenschein nehmen.
Und das waren auch nicht die einzigen Beispiele solcher Mikrominiaturkunst. Tatsächlich stellt man fest, daß sich im 16. Jahrhundert die Mikrominiatur zu einer richtigen Manie auswuchs, und zwar so sehr, daß viele der Wunderkammerkenner unserer Zeit, wie etwa mehrere der Beiträger zum *Origins*-Band, über den »obligatorischen Kirschkern« grummeln, den sie hin und wieder in ihre verschiedenen Inventare aufzunehmen gezwungen sind (S. 154).

Allein die Sammlung der Tradescants enthielt über die bereits genannten Dinge hinaus Wunderwerke wie »einen Satz ineinanderpassender Tassen aus Holz, so dünn wie Papier«, einen Kirschkern, in dem sich ein Dutzend Holzlöffel befanden, einen weiteren Kirschkern, in den die Gesichter von »88 Kaisern« eingeritzt waren, und eine »halbe Haselnußschale mit 70 Haushaltsgegenständen darin« (*Tradescant's Rarities*, S. 93).

Zum Teil war diese Faszination nichts weiter als eine Mikrominiaturform der Begeisterung für Wunderkammern – die ganze Welt in einem Raum noch einmal maßstäblich verkleinert und der Raum in eine Nußschale verwandelt. Diese Analogie wurde auf dem Familiengrab der Tradescants ausdrücklich hergestellt, wo der Dichter unter anderem rühmte:

> Dieweil sie (als wär' die Ilias in eine Nußschal' gebracht)
> Die ganze Wunderwelt zu einem Kabinett gemacht.
> (*Tradescant's Rarities*, S. 15)

Aber der Sinn für die Mikrominiaturkunst bedeutet ebensosehr eine Anerkennung der rasanten technischen Fortschritte im Bereich sowohl der Drehbank als auch der optischen Linsen, die solche Arbeiten überhaupt erst ermöglichten (technische Entwicklungen, die nicht weniger folgenschwer waren als jene, die es mit einemmal möglich machten, den Erdball zu umsegeln), wie er eine Hommage an die besondere Virtuosität des einzelnen Handwerkers war. Laut MacGregor wurden in Dresden die Drehbänke, Arbeitsinstrumente und Vergrößerungsgläser nicht weniger in Ehren gehalten als die Dinge, die mit ihrer Hilfe produziert wurden (worunter sich zum Beispiel auch ein Kirschkern befand, in den *180* Gesichter geritzt waren!); sie wurden nicht selten Seite an Seite mit den Produkten auf eigenen, kunstvoll gearbeiteten Sockeln ausgestellt (*Tradescant's Rarities*, S. 75).

In Mailand sah sich Settala einem Problem gegenüber, dem wir auch bei der Herstellung des vorliegenden Buches begegnet sind: Adalgisa Lugli zufolge beklagte er in den handgeschriebenen Katalogen zu seiner Sammlung, er sehe »keine Möglichkeit, von den ›minutiae‹ eine angemessene bildliche Darstellung zu liefern – von Dingen wie etwa einem elfenbeinernen Kirschkern, dessen Höhlung einen vollständigen Satz Schachfiguren, unendlich feine Stückchen Elfenbein, berge, einem Kamel, das durch ein Nadelöhr gehe, oder einem Webstuhl, auf dem man ein Spinnennetz weben könne – alles Dinge, die ich selbst an der Drehbank gefertigt habe« (Lugli, S. 119).

Die Schwierigkeit, mikroskopisch kleine Einzelheiten wiederzugeben, bereitet neuerdings auch Computertechnikern Kopfzerbrechen, die den Versuch machen, die Bestände großer Kunstmuseen zu digitalisieren. Nach einem vor kurzem in der *New*

York Times (7. August 1994) erschienenen Artikel von Phil Paton haben sich die Techniker an der National Gallery in Washington ganz besonders schwer getan, als sie das Bild *St. Georg und der Drache* des flämischen Meisters Rogier van der Weyden rastern wollten, um es in die Computerdatei aufzunehmen: »Im Hintergrund des Gemäldes, hinter dem Ritter und dem Ungeheuer, ist eine ummauerte Stadt zu sehen. Die Landschaft ist so fein und detailliert ausgeführt, daß [bei der Rasterung] das Bild ›verwackelte‹; es löste sich in ein Bildpunktmuster auf, ähnlich dem Effekt, den man erzielt, wenn man durch eine Fliegengittertür hindurch fotografiert ... Das Verwackeln von ›St. Georg‹ verlieh einer Inschrift neuen Sinn, die in ziemlich unzuverlässigem Latein hinten auf dem Bild steht: Videatur et ponderetur. Ab arte reperitis. (Schaut und denkt nach. Der Kunst lassen sich Dinge entnehmen.) Holt man den Hintergrund durch eine Mikrofotografie heran, entdeckt man in der ummauerten Stadt Straßenszenen, Menschen, die auf den Straßen entlanggehen, sogar ein offenes Fenster mit einem mikroskopischen Wasserkrug auf dem Fensterbrett – all dies für das normale menschliche Auge praktisch ebenso unsichtbar wie für die Rastertechniker. Der Versuch, ›St. Georg‹ in den Computer zu packen, gab Anlaß zu der Frage, wie das Bild überhaupt gefertigt wurde. Mit einem Pinsel aus einem Haar, unter einem Vergrößerungsglas? ›Dieses Detail war die ganze Zeit über da‹, erklärte Vicki Porter, die Leiterin des computerisierten Besucherzentrums, ›es brauchte einfach nur entdeckt zu werden.‹«

Unter allen Großtaten auf dem Gebiet der Mikrominiaturkunst, auf die ich im Verlauf meiner eigenen scheinakademisch-spielerischen Recherchen gestoßen bin, gebe ich vielleicht zwei Kreationen den Vorzug, die in einer Anmerkung in *Tradescant's Rarities* erwähnt werden: und zwar sind das die Schöpfungen eines Londoner Schmiedes namens Mark Scaliot; er schuf im Jahre 1578 »ein Schloß aus Eisen, Stahl und Messing, bestehend aus elf verschiedenen Teilen, nebst Hohlschlüssel, wobei das Ganze nur ein Gran Gold wog. Er fertigte auch eine Goldkette aus 43 Gliedern, die an dem Schloß und dem Schlüssel befestigt und um den Hals eines Flohs gelegt wurde, der alles mühelos ziehen konnte. Kette, Schlüssel, Schloß und Floh wogen zusammen nur anderthalb Gran« (S. 94, Anm. 199).

Wie sich später herausstellte, war Ricky Jay von dieser Anmerkung ähnlich angetan wie ich, denn in der ersten Lieferung des zweiten Bandes seines *Journal of Anomalies*, die erst erschien, nachdem die erste Auflage des vorliegenden Buches bereits im Druck war, und die ausschließlich von Flohzirkussen und Flohmysterien handelt, kommt auch er auf Scaliots erstaunliche Großtat zu sprechen, um dann zu vermuten, daß die folgenden Verszeilen, die John Donne zugeschrieben werden, eine Anspielung darauf sind:

> Ein Goldkettchen aus vierundzwanzig Gliedern fertigt
> jemand froh
> Und läßt's samt Schloß und Schlüssel zieh'n von einem Floh,
> Den eine Gräfin hält in einem Kästchen warm
> Und täglich atzt auf ihrem milchig weißen Arm.

Tatsächlich hat es den Anschein, als müsse in einem künftigen Mikrominiaturmuseum ein ganzer Flügel den absolut überragenden (unterragenden?) Leistungen verschiedener Flohzirkusdirektoren vorbehalten bleiben. Jay stellt fest: »Nicht der unwichtigste Aspekt bei den Flohdarbietungen war, daß sie Gelegenheit boten, technische Errungenschaften im Miniaturbereich vorzuführen. Im Jahre 1745 bewunderten die Londoner in dem am *Strand* gelegenen Uhrengeschäft eines gewissen Mr. Boverick ›einen Landauer, der sich mittels Sprungfedern öffnen und schließen läßt, eine Aufhängung hat und mit vier Personen besetzt ist, ein Fahrgestell mit Rädern, die sich um die Achse drehen; einen Kutschkasten usw. aus Elfenbein, nebst sechs Pferden mit ihrem Geschirr; im Kasten einen Kutscher, zwischen dessen Beinen ein Hund sitzt und der mit einer Hand die Zügel und in der anderen die Peitsche hält; hinten den Lakaien und einen Postillon auf dem Leitpferd, beide in den passenden Livreen. All das so winzig, daß es von einem Floh gezogen werden kann.‹« (Entnommen hat Jay diese Beschreibung einem Buch aus dem Jahre 1839 mit dem Titel *Wonders of Nature and Art* [London, Halifax, S. 179 f.].)

S. 126: ... Clevelands Kiefer entfernt wurde.
Auf einer Rangliste ausgefallener Museen, die von Weisman Travel Reports, einem Informationsdienst für Reiseveranstalter, aufgestellt wird, landete kürzlich (laut Notiz in der Ausgabe des *Philadelphia Inquirer* vom 12. Februar 1995) das Mütter-Museum an vorderster Stelle; auf den nächsten Plätzen (in dieser Reihenfolge) das Barbie-Museum in Palo Alto, Kalifornien; die Ausstellung für Internationale Freundschaft in Myoyangsan, Nordkorea (Geschenke an die politische Führung des Landes); die Abteilung für Tiere mit zwei Köpfen im Naturkundemuseum von Bamberg; das Städtische Museum in Iquitos, Peru (verwesende Leichname); die Ausstellungshalle für kriminelle Handlungen der USA und Tschiang Kai-scheks in Tschungking, China; und das Inquisitionsmuseum in Lima, Peru. Das Menstruationsmuseum in New Carrollton, Maryland, verfehlte einen Listenplatz nur knapp. Vom Museum für Jurassische Technik hatten die Kompilatoren offenbar noch nichts gehört.

Daß die Mütter-Sammlung eine Bleibe in Philadelphia fand, der Stadt, in der 1786 Willson Peale sein Museum eröffnet hatte, erscheint höchst angemessen. Beide Sammlungen führen uns übrigens vor Augen, daß die Empfänglichkeit für das Wunderbare es allen Anfeindungen zum Trotz, denen sie sich bereits in der Zeit ihrer Vorherrschaft ausgesetzt sah, nach ihrer vorübergehenden Verdrängung durch den konkurrierenden Positivismus doch geschafft hat, die Jahrhunderte (wenn auch in abgeschwächter Form) zu überdauern.

Tatsächlich kam es in der ersten Hälfte des 19. Jahrhunderts zu einem eigenen kleinen Wiederaufleben der Empfänglichkeit für das Wunderbare, und zwar zum Teil aus den gleichen Gründen, die auch schon zu Anfang des 16. Jahrhunderts maßgebend waren, nämlich der unvermittelten Konfrontation mit einer völlig neuen Welt – in diesem Falle China, das plötzlich dem westlichen Vordringen auf breiter Front nachgab. In diesem Zusammenhang hat mich Gretchen Worden, die Leiterin des Mütter-Museums, auf einen wundervollen, nicht unterzeichneten Artikel in der Ausgabe des *Boston Medical and Surgical Journal* vom 25. Mai 1845 (Bd. 32, Nr. 16) aufmerksam gemacht. »Unsere Freunde vom Land, die am kommenden Jahrestag Boston besuchen, dürfen nicht vergessen, im Saal der ›Gesellschaft für Fortschritte in der Medizin‹ vorbeizuschauen«, mahnt der unbekannte Möchtegern-Gastgeber (bei dem es sich nach Wordens Überzeugung um niemand anderen als um Dr. Oliver Wendell Holmes handelt), weil »zu den dortigen Schätzen kürzlich eine Neuerwerbung hinzugekommen ist, die sie mit großem Interesse studieren werden« – nämlich eine Reihe von 28 Ölgemälden, »die eine Vielzahl von Musterfällen chirurgischer Erkrankungen zeigen, hauptsächlich Tumoren, die am Krankenhaus in Kanton unter der Aufsicht von Dr. Parker beobachtet wurden«. Als Krankheitsdarstellungen sind diese Gemälde »im höchsten Grade merkwürdig und lehrreich, und als Kunstwerke können sie sogar bei Malern Bewunderung erregen. Die Dankbarkeit der Gesellschaft für dieses schöne Geschenk mußte natürlich den Wunsch wachrufen, den anderen Gemälden auch ein Porträt des Stifters hinzuzufügen – aber unser freigebiger Freund hätte es doch vielleicht als unangenehm empfunden, Seite an Seite mit einer *spina ventosa* oder vis-à-vis eines *fungus haematodes* an der Wand zu hängen.

Diese monströsen, krankhaften Wucherungen sind für unsere Mitgeschöpfe im Reich der Mitte etwas sehr Bedrohliches«, räumt unser plötzlich nachdenklicher Museumsführer ein. »Aber sie sprengen so sehr jedes vernünftige Maß und wachsen in solch absonderlichen Formen und an solch merkwürdigen Stellen – und China ist so weit weg, und ein Chinese ist für uns ein solches Abstraktum –, und die mandelförmigen Augen, der Haarzopf, das braungelbe Aussehen und die orientalische Umgebung der Leidenden machen uns so blind gegenüber der nackten Tatsache der hier vorliegenden häßlichen oder verzehrenden Krankheit, daß wir uns gar nicht verkneifen können, die Sache mit einem leichten Zucken um den *levator anguli oris* zu betrachten, das, wenn nicht unmenschlich, so jedenfalls doch höchst unschicklich ist.«

Unser Schreiber beeilt sich nun allerdings, dieses unziemliche Grinsen wieder vom Gesicht verschwinden zu lassen, indem er abgeklärt feststellt: »Die Wahrheit ist, daß die Augen des Praktikers beim Anblick jedes *über die Maßen* auffälligen Auswuchses ebenso zu leuchten beginnen wie die des Touristen, wenn er hoch aufragende Berge oder kolossale Gebäude erblickt.« Daran schließt er die Überlegung an, daß man gerade in Länder wie China – das von den modernen medizinischen Praktiken des Westens erst seit kurzem und nur spärlich Kenntnis habe – reisen müsse, wenn man solche Phänomene überhaupt zu Gesicht bekommen wolle: »Das pathologisch Großartige und Herrliche ist von der Wissenschaft der hochzivilisierten Länder so gezähmt worden, daß man die grandioseren und fesselnderen Leistungen der Natur auf diesem Gebiet bei primitiveren Völkern suchen muß. Wir [im Westen] ersticken die meisten krankheitsbedingten Wucherungen im Keim. Pathologische Erscheinungen haben in der Chirurgie ebensowenig Chancen zu überleben wie Äpfel im Schulhof; sie werden allesamt gepflückt, noch bevor sie ausgereift sind ...

Nicht so im Blumigen Land, dem Garten Eden der Pathologie:

Natur ist hier
Voll jugendlichen Übermuts und frönt nach Gusto
Ihren jungfräulichen Launen.

Die Eröffnung des Chinesischen Krankenhauses«, fährt unser Führer fort, »war für den Verehrer der pathologischen Natur ein vergleichbares Erlebnis wie das Betreten des brasilianischen Urwalds für den Botaniker. Die Ungeheuerlichkeit asiatischer Hypertrophien stellte die ausgefallensten Fettgeschwulste und Knochensarkome, die er kannte, in den Schatten.« Und so weiter im Text, je länger, desto blumiger.

Schließlich bittet unser Veranstalter inständig, daß sich »Freunde, die mit uns speisen und es dann immer so eilig haben, die Nachmittagskutsche zu erwischen, diese Bilder und das Kabinett auf keinen Fall entgehen lassen dürfen. Sie sollten lieber auf die Nüsse und Rosinen verzichten als auf den Besuch des Kabinetts. Selbst wenn wir zwischen den Bildern und dem Pudding wählen müßten, wir würden auf letzteren verzichten – vorausgesetzt, er wäre nicht noch um vieles köstlicher, als wir füglich erwarten können.«

S. 128: ... und was lehrt uns das?
Wie ich herausgefunden habe, sind Hörner bei Menschen anomale Wucherungen, die vollständig aus konzentrischen Schichten verhornter Hautzellen bestehen und sich mit Vorliebe an der Stelle von Talgzysten, Warzen oder Narben bilden; den beiden Ärzten George Gould und Walter Pyle (*Anomalies and Curiosities of Medicine*, Julian Press, New York 1956, S. 222) zufolge »sind sie weit häufiger, als gemeinhin angenommen«. Sie können überall am Körper entstehen, wachsen relativ langsam, aber stetig, und drehen sich häufig spiralförmig ein; heutzutage allerdings werden sie normalerweise im Zuge der üblichen dermatologischen Eingriffe entfernt, ehe sie eine die Hornform erkennen lassende Größe erreicht haben. Und tatsächlich sind sie auch nicht eigentlich Hörner: mit den üblichen Tierhörnern haben sie zwar den hornigen Schimmer und die verhornte Oberfläche gemein, aber es fehlt ihnen der knöcherne Kern. Dennoch haben sie durch die Jahrhunderte eine kulturübergreifende wundergläubige Faszination auf die Menschheit ausgeübt.

Gould und Pyle führen aus dem Jahr 1820 den Fall eines Paul Rodrigues an, »eines mexikanischen Dienstmannes, aus dessen Kopf seitlich oben ein Horn sproß, das einen Umfang von vierzehn Zentimetern hatte und aus drei Schäften bestand und das er mit Hilfe einer merkwürdig geformten roten Mütze verbarg, die er ständig trug« (S. 223). Diese Strategie, eine Kopfbedeckung zu tragen, funktioniert allerdings nicht immer: Martin Monestier (*Human Oddities*, Citadel, Secaucus, N.J., 1978) zitiert den Fall »eines französischen Bauern, der am 18. September 1598 einem Ortsrichter vorgeführt wurde, weil er sich geweigert hatte, vor einem Adligen den Hut zu ziehen. Als man ihn vor Gericht dazu zwang, kam ein gutentwickeltes Widderhorn zum Vorschein, das, wie er erklärte, in seinem fünften Lebensjahr zu wachsen begonnen hatte. Der Richter ließ ihn zum König schaffen, der laut einem Chronisten ›versuchte, ihn mit den Kurtisanen Nachkommen zeugen zu lassen‹.« Nach ein paar Monaten gab der arme Teufel aber leider den Geist auf. Als Gegenbeispiel führt Monestier François Trouillu an, der ganz stolz auf sein Horn gewesen sei, »das starke Ähnlichkeit mit einem Helmbusch hatte«.

François Trouillu

Der vielleicht berühmteste Fall Anfang des 19. Jahrhunderts war der einer Madame Dimanche, einer »Witwe Sonntag«, aus Paris, deren Horn aus ihrer Stirn herauswuchs und dann zwölf Zentimeter parallel zur Nase nach unten, fast bis zum Kinn. Monestier zufolge »beschloß sie im Alter von vierundachtzig Jahren eines Tages, es abschneiden zu lassen. Sie wußte, daß ihr Ende nahe war, und wollte nicht mit dem satanischen Schmuck, für den sie das Horn mittlerweile hielt, vor ihren Schöpfer treten« (S. 111). Sie überstand den chirurgischen Eingriff (den der berühmte Dr. Sourberbeille vornahm) und lebte weitere sieben Jahre. Mütter nahm einen schaurigen Wachsabguß des Gesichts und des Horns von Madame Dimanche in seine Sammlung auf; allerdings deutet einiges darauf hin, daß der Abguß damals in mehreren Spielarten ziemlich verbreitet war.

Die Witwe Sonntag

Was das angeblich verlorengegangene Horn von Mary Davis betrifft, so können wir dem unermüdlichen Arthur MacGregor, dem stellvertretenden Kustos der Ashmoleschen Sammlung, glauben, daß er jeder erdenklichen Spur nachgegangen ist (siehe seinen Beitrag in *The Ashmolean*, Nr. 3, 1983, S. 10f.): Es gab in der Tat ein Horn, sogar mehrere. Die Hebamme aus Cheshire warf mehrere Paare ab, die an Größe die vorherigen jeweils übertrafen (»in Aussehen und Beschaffenheit gar ähnlich den Hörnern eines Widders«, wie in einer Broschüre aus jener Zeit zu lesen ist, »massiv und runzlig, aber arg beschwerlich für die alte

Mary Davis aus Saughall (1668)

Frau, besonders bei Wetterwechsel«). Eines ihrer Hörner wurde dem König von Frankreich »als größte Rarität der Natur [überreicht] und mit nicht geringem Staunen entgegengenommen«. Im Jahre 1668 wurde sie mindestens zweimal porträtiert, wobei ihr Alter mit vierundsiebzig angegeben wurde. Eines dieser Bilder gelangte in die Ashmolesche Sammlung, ging aber ebenfalls verloren (allerdings scheint es die Vorlage für den Kupferstich abgegeben zu haben, der uns erhalten geblieben ist). MacGregor tröstet sich: »Aus Sicht des Historikers ist das Verschwinden eines Bestandteils der ältesten Sammlungen des Museums stets zu bedauern, aber wir müssen zugeben, daß solche Verluste unterschiedlich leicht zu verschmerzen sind. Zum Beispiel bereitet es mir keinen allzu großen Kummer, daß mir versagt bleibt, das

Horn von Mary Davis mit eigener Hand zu berühren.« (Und sogar das bißchen Kummer bleibt ihm nun erspart, da ja mittlerweile das Horn offenbar in der kalifornischen Stadt Culver City aufgetaucht ist.)

»Viele antike Völker hegten den Glauben, daß Kraft und Fruchtbarkeit in Hörnern konzentriert seien«, hebt Monestier hervor, »woraus sich die zahlreichen Kulte erklären, die der Verehrung von Stieren und Widdern dienten ... Jupiter, der höchste römische Gott, wurde mit Hörnern dargestellt, und das galt auch von Isis, der ägyptischen Fruchtbarkeitsgöttin. Als Alexander der Große sich zu Jupiters [oder besser Zeus'] Sohn erklärte, befahl er, ihn auf allen Münzen, die sein Bild trugen, mit Hörnern darzustellen. Moses wurde manchmal mit Hörnern abgebildet und sogar Christus höchstpersönlich. Viele Herrscher ließen als Symbol ihrer Macht Hörner an ihren Helmen anbringen« (S. 110).

Monestier vertritt die Ansicht, die Verknüpfung der Hörner mit Ehebruch und betrogenen Ehemännern stamme aus römischer Zeit, aber jedenfalls wurzelt ein Gefühl für den Zusammenhang zwischen Hörnern und Sexualität – gewissermaßen ein Sinn für das Horn, das Hörner aufsetzt – tief im linguistischen Erbe unserer Kultur. Der überragende Text in dieser Hinsicht ist das bahnbrechende und geradezu umwerfende Buch von R.B. Onians, *The Origins of European Thought about the Body, the Mind, the Soul, the World, Time und Fate* (Cambridge 1951). Norman O. Brown stützt sich weidlich auf Onians Arbeit, wie etwa in der folgenden Passage aus *Love's Body* (New York 1966; dt. München 1977):

> Im Unbewußten ist zerebral gleich genital. Das Wort zerebral entstammt der gleichen Sprachwurzel wie Ceres, die Göttin des Getreides, des Wachstums und der Fruchtbarkeit, der gleichen Wurzel wie *crescere*, wachsen, und *creare*, erschaffen. Onians, der Spracharchäologe, der die untergegangenen Welten der Bedeutung ans Licht hebt, verschütteten Sinn aufdeckt, hat ein prähistorisches Bild vom Körper ausgegraben, dem zufolge Kopf und Genital über das Rückgrat miteinander in Verbindung stehen: die grauen Zellen des Hirns, das Rückenmark

> und die Samenflüssigkeit sind alles die gleiche Substanz, im Genital abzapfbar und im Hirn gespeichert. Der Seelenstoff ist der Samenstoff: Geist ist das Genital im Kopf (S. 136f.).

Dieser Lesart zufolge ist Freuds ganze Sublimierungstheorie einfach nur eine Offenlegung des Potentials, das bereits in der Sprache selbst verborgen liegt. Aber die Sache geht noch weiter, wie Brown in seinem jüngsten Buch, *Apocalypse and/or Metamorphosis* (Los Angeles 1991), herausgearbeitet hat; denn

> Unser *horn* heißt auf lateinisch *cornu*, dem entspricht unser *corn*. Das griechische *keras* (»Horn«) ist unser *kern* und *kernel*; dazu gehört ... *Cornu copiae*, Füllhorn.
> Aber *cornu* (»Horn«) ist auch gleich *corona* (»Krone«) ... Und das griechische *keras* ist das griechische *kras*, unser *cranium*, Schädel, Haupt. Griechisch *kratos*, Oberhaupt, Machthaber (Aristo-kratie, Demo-kratie); *krainein*, »bevollmächtigen«.
> *Herne, the horny hunter*, auf deutsch »der geile Jäger« [Falstaffs Name in *Die lustigen Weiber von Windsor*, wenn er mit einem Hirschgeweih auf der Stirn im Park herumspringt]; dem *horny* entspricht das deutsche Wort *Hirn*. Herne war hirnig; wie der gehörnte Moses sprossend, gekrönt ... ein geschwollenes oder zum geilen Bock gewordenes Haupt; kopfkrank. *Cerebrosus* (*cerritus*) müßte »hirnig« bedeuten, bedeutet aber »verrückt«. Griechisch *keras* und *keraunos*, »Horn« und »Donner«, hörnerverrückt und vom Donner gerührt (S. 38).

Diese letzte Passage stammt aus Browns Essay über Aktäon, der in der Vorstellungswelt der Elisabethanischen Zeit (wie auch im allgemeineren Zusammenhang der damaligen Wundersucht) eine enorm wichtige Rolle spielte. Die Menschen der Elisabethanischen Zeit entnahmen ihren Aktäon den Ovidschen *Metamorphosen*, genauer gesagt der Übersetzung, die Arthur Golding 1567 veröffentlichte (diesen Text pries einst Ezra Pound als »das schönste Buch in unserer Sprache«). Nach Ovid befindet sich Aktäon mit einer Hundemeute auf der Jagd im Wald, als er einen Blick auf die schöne jungfräuliche Göttin des Mondes und der

Jagd, Artemis/Diana (die Golding auch Phöbe nennt), erhascht, während sie mit ihren Nymphen in einer Grotte badet. Von dem außerordentlichen Anblick magisch angezogen, schleicht sich Aktäon heimlich näher, schiebt leise das Blattwerk beiseite – und wird bemerkt:

> Aber sobald er betrat die von Quellen betauete Grotte,
> schlugen die Nymphen bestürzt bei des Mannes
> erschreckendem Anblick,
> nackt, wie sie waren, die Brust …
> (Drittes Buch, 177 ff.)

Aber Phöbe (»Doch höher als sie ist die Göttin selber und überragt bis zum Halse die anderen alle«) behauptet mit wildem Ingrimm die Stellung:

> War sie auch von der Schar der begleitenden Nymphen
> umgeben,
> stand sie doch schräg auf die Seite geneigt, nach hinten das
> Antlitz
> beugend, und wie sie zur Hand gern hätte gehabt die
> Geschosse,
> schöpfte sie Flut, die sie hatte zur Hand, und goß sie dem
> Manne über das Haupt,
> und das Haar ihm bespritzend mit rächenden Wellen …,
> (186–190)

womit sein Schicksal bereits besiegelt ist,

> sprach sie die Worte dazu, Vorboten des nahen Verderbens:
> »Magst du es jetzt kundtun, daß ohne Gewand du mich
> schautest,
> wenn du es kundtun kannst.« Nicht Weiteres drohend,
> verleiht sie
> seinem begossenen Haupt das Geweih zäh lebenden
> Hirsches …
> (91–94)

Noch ahnungslos »forteilend«, wird Aktäon erst inne, was mit ihm geschehen ist, als er in einem Bach sein Spiegelbild erblickt.

> Wie er jedoch das Gesicht und die Hörner im Wasser
> erblickte,
> wollt er rufen entsetzt: »Weh mir!« Nicht folgte die Stimme.
> Dafür kam ein Gestöhn. Feucht war von Tränen das Antlitz,
> welches das seinige nicht ...
> (100–103)

Im Nu haben seine eigenen Hunde die Witterung aufgenommen, und bald schon ereilt den Gehetzten der Tod.

In unserem Kontext müssen wir die Geschichte vom Schicksal Aktäons natürlich recht verstehen – als eine Wundergeschichte und ein warnendes Exempel. (Fünfzehn Jahre vor seinem Märtyrertod spielte Giordano Bruno in *De gl'heroici furori*, einer Reihe von allegorischen Liebesgedichten, die 1585 mit einer Widmung an Sir Philip Sidney in England erschienen, wiederholt auf den Aktäon-Mythos an. Siehe Yates, S. 275–284.) Eine Geschichte über Besessenheit: *Paß auf, was du dir vor Augen führst.* (Kaum hatte Ovid im Jahre 8 n. Chr. seine *Metamorphosen* beendet, als offenbar er selbst unabsichtlich Zeuge von etwas wurde, was er besser nicht gesehen hätte – etwas Sexuellem? etwas Politischem? Er verrät es nicht, und wir werden es nie wissen. Für dieses verhängnisvolle Vergehen oder vielmehr Versehen verbannte ihn der große Augustus Caesar in die entfernteste Ecke des Reiches, wo er sein restliches Leben in schrecklichster Einsamkeit zubringen mußte. »Ach, warum mußte ich sehen, was ich gesehen habe?« bejammerte der Dichter ein paar Jahre danach im zweiten Buch seiner *Tristia* sein mysteriöses Verhängnis. »Nie war es Aktäons Absicht, Diana nackt zu sehen, / dennoch ward er von seinen eigenen Hunden in Stücke gerissen.«) Zum englischen Wort für Geweih, *antlers*, siehe das französische *antœil* (»an der Stelle von Augen«) und das deutsche *Augensprosse.* Nicht zu vergessen in diesem Zusammenhang das Symbol für Mercurius, das sowohl die Alchimie als auch die Astrologie gebrauchte und das bis heute in der Chemie und der Astronomie verwendet wird: ☿

Als Chaucers Freund John Gower in seiner *Confessio amantis* (die ebenfalls auf Ovid basiert, nur daß sie zweihundert Jahre älter als Goldings Übersetzung ist) seine Version der Geschichte dichtete, faßte er Aktäons Los als »ein rührend Exempel, wie ein Augenblick Unglück schafft« – ein wirklich wunderbares dreifältiges Wortspiel, da ja Aktäon in einem unglücklichen Augenblick einen unglücklichen Blick auf die Glücksgöttin erhaschte. Und das kann jedem passieren, der zu lange und zu gebannt eine Wundererscheinung anstarrt. Was nicht heißen soll, daß die Sache das Risiko nicht wert ist.

Man frage die Ameise.

Zu meiner großen Überraschung brachten mich die Entführer nicht in ein geheimes Versteck, sondern zu mir nach Hause und sperrten mich in das katoptrische Zimmer, das ich so sorgfältig nach den Zeichnungen des Athanasius Kircher rekonstruiert hatte. Die Spiegelwände warfen mir mein Ebenbild unendlich vervielfacht zurück. War ich von mir selbst entführt worden?

Italo Calvino

Wenn ein Reisender in einer Winternacht

Danksagung und Quellennachweis

Die Welt wird nicht am Mangel an Wundern,
sondern an der fehlenden Bereitschaft zur Verwunderung
zugrunde gehen – J. B. S. Haldane
(entwicklungsgeschichtlich interessierter Mathematiker)

Dieses Buch hätte natürlich ohne die liebenswürdige (wenn auch stets mit Argwohn gepaarte) Mitwirkung seines Hauptgegenstandes, David Wilson, nicht entstehen können. Seine Engelsgeduld mußte um so mehr rühren, als die innere Beklommenheit, mit der er sich beteiligte, unübersehbar war – was übrigens auch für seine großartige Frau Diana gilt. (Ich habe mich bemüht, keinen von beiden zu enttäuschen.) Ihre Tochter DanRae zeigte keine Spur von Beklommenheit und war ein richtiger Wonneproppen.

Während ich immer tiefer in den Bann des Museums hineingezogen wurde, leisteten mir hilfreiche Weggefährten Gesellschaft – insbesondere John Walsh vom Getty-Museum und Tom Eisner vom Cornell College. Ralph Rugoff, Rosamond Purcell, Ricky Jay, Allison Coudert und Norman O. Brown standen mir ebenfalls in unglaublich großzügiger Weise mit ihrer Zeit und ihren Einsichten zur Verfügung. Loisann Dowd White von der Bibliothek des Getty Center in Santa Monica, Gretchen Worden und Laura Lindgren vom Mütter-Museum in Philadelphia, Russell Lewis von der Chicagoer Historischen Gesellschaft, Beauvais Lyons und Vera Octavia (?) vom Hokes-Archiv in Tennessee, William Willers und Walter Hamady aus Wisconsin, Michael Fehr vom Karl-Ernst-Osthaus-Museum in Hagen (wo kürzlich eine europäische Zweigstelle des MJT eröffnet wurde) und Oliver Impey vom Ashmolean Museum in Oxford waren unendlich nachsichtig und bewundernswert hilfreich; das gilt auch für Robin Palanker, Susie Einstein und Pjotr Bikont.

Lewis Lapham, Ilena Silverman und Ben Metcalf von der Zeitschrift *Harper's* boten einer frühen Version meines Projekts eine Plattform, zu einer Zeit, als noch niemand sonst recht etwas damit anfangen konnte. Dan Frank vom Pantheon-Verlag erwärmte sich dann für die Sache; offenbar hat es ihm Spaß gemacht, mir bei der Realisierung des Buches als treibende Kraft zur Seite zu stehen, was auch für Kristen Bearse gilt, die nicht aus der Ruhe zu bringende Gestalterin des Buches (jedenfalls hat es mir Spaß gemacht, mich treiben zu lassen). Meine Agentin Deborah Karl hat gleich »kapiert«, worum es mir ging, und mir unbeirrbar beigestanden.

Schließlich und immer wieder ist da meine wunderbare Lebensgefährtin Joasia. Was David von Diana sagt, kann ich in noch höherem Maße von ihr sagen: Ich weiß wahrhaftig nicht, wie sie all das verkraftet. Aber daß sie es tut, dafür liebe ich sie – und je länger, desto mehr.

Nun zu den Quellen, die sich auf herkömmlichere Weise anführen lassen:

TEIL EINS
Das Einatmen der Spore

Die Informationen über die kamerunische Stinkameise, den *deprong mori* und die Fledermaus *Myotis lucifugus* sowie über Geoffrey Sonnabend und Madalena Delani entstammen allesamt Exponaten des Museums für Jurassische Technik in Los Angeles, Kalifornien (9341 Venice Boulevard, Culver City, CA 90212). Die Gesellschaft für die Verbreitung nützlicher Informationen im Verein mit den Besuchern des Museums hat zwei empfehlenswerte Monographien herausgebracht: *Geoffrey Sonnabend: Obliscence: Theories of Forgetting and the Problem of Matter* (1991), eine »Zusammenfassung« von Valentine Worth mit graphischen Illustrationen von Sona Dora, und *Bernard Maston, Donald Griffith and the Deprong Mori of the Tripsicum Plateau* (1964 [sic!]), gleichfalls von Worth und Dora; beide Bücher sind über das Museum zu beziehen. Die Gesellschaft im Verein mit den Besuchern hat auch ein Büchlein mit dem Titel *No One May Ever Have the Same Knowledge Again: Letters to Mount Wilson Observatory (1915–1935)* (1993) veröffentlicht, eine Sammlung von Briefen, die von Sarah Simons transkribiert und herausgegeben wurden (einschließlich einer vollständigen fotomechanischen Wiedergabe der Schreiben); auch dieser Band ist über das Museum zu beziehen, desgleichen die Broschüre *The Museum of Jurassic Technology – and You*, die eine komplette Abschrift des einführenden audiovisuellen Lichtbildvortrags des Museums bietet. Die Geschichte der Thums findet man ausführlich dargestellt in einer Monographie mit dem Titel *On the Foundations of the Museum: The Thums, Gardeners and Botanists* (1993) von Illera Edoh, Kustos der Stiftungssammlungen – die erste in einer vorgesehenen Reihe solcher Monographien über »Stiftungen«, ebenfalls über das MJT erhältlich.

Donald Griffins *Listening in the Dark: The Acoustic Orientation of Bats and Men* erschien 1958 bei Yale University Press. Clement Silvestros Schilderung des Wirkens von Charles Gunther, »The Candy Man's Mixed Bag«, erschien in der Herbstausgabe 1972 (Bd. 2, Nr. 2) der Zeitschrift *Chicago History*. Nähere Informationen über Richard Whittens Museum Joyas del Trópico Húmedo finden sich in Cathryn Domroses Artikel »A Romantic Evening with the Anthropods« in der Ausgabe vom 23. Juli 1993 der *Tico Times* (San José, Costa Rica).

Ralph Rugoff hielt seinen Vortrag über das Museum für Jurassische Technik, »Beyond Belief: Museum as Metaphor«, am Dia Center for the Arts in New York City auf einem Symposion über *Visual Display: Cul-*

ture Beyond Appearances, das im Mai 1993 stattfand; sämtliche Beiträge zum Symposion sind unter dem gleichen Titel in der Seattle Bay Press (1995) erschienen. An weiteren Berichten über das Museum sind unter anderem zu nennen: »A Fictional Museum of Imaginary Truths« von Maria Porges (*Artweek*, 14. Oktober 1989); »Weird Science« von David Wharton (*Los Angeles Times*, 13. Dezember 1989); »Next Thing You Know, They'll Show Us a Slithy Tove« von Frederick Rose (*Wall Street Journal*, 19. Juli 1989).

Der Film *Stasis* befindet sich zusammen mit anderen Filmarbeiten von David Wilson in der Obhut des Museums und läßt sich über Mr. Wilson selbst beschaffen.

Das Mikrominiaturwerk von Hagop Sandaldjian ist Gegenstand einer geplanten Publikation des Museums mit dem Titel *Through the Eye of the Needle: The Unique World of Microminiatures of Hagop Sandaldjian*, die einen einleitenden Essay von Ralph Rugoff enthalten soll. (Weitere Artikel über Sandaldjian sind zum Beispiel: »Pope by a Hair« von Alan Burdick, *New York Times Magazine*, 19. September 1993 und »The Microminiaturist's Art between Heartbeats« von Lynn Andreoli Wood, *L.A. Reader*, 28. Dezember 1990.) Fotos von der Ausstellung des MJT zum Thema Nanotechnik finden sich in einem Artikel, der in der Frühjahrsausgabe 1995 in *Felix* erschien.

Das Foto vom *Camponotus floridanus* mit seinem wuchernden Auswuchs auf der Stirn drucke ich mit freundlicher Genehmigung von Tom und Maria Eisner ab.

TEIL ZWEI
Hirnwachstum

Die Zentaur-Ausgrabungen in Volos, wie sie William Willers von der Universität von Wisconsin, Oshkosh, vorstellt, sind Thema eines Beitrags mit dem Titel »Do You Believe in Centaurs?«, den Don Williams im *Knoxville News Sentinel* veröffentlichte, Ausgabe vom 11. Oktober 1994, und zwar aus Anlaß der Präsentation des Zentaur-Exponats an der Universität von Tennessee (die es inzwischen für ihre ständige Sammlung erworben hat).

Über die imaginäre Philatelie von Donald Evans berichtet Willy Eisenhart in *The World of Donald Evans* (Abbeville, New York 1980, 1994). Das Werk von Charles Simond war Gegenstand zahlreicher Retrospektiven (siehe zum Beispiel den Katalog zu seiner Ausstellung von 1982 im Museum für Zeitgenössische Kunst in Chicago). Norman Dalys bahnbrechende Bemühungen wurden viele Jahre nach dem Ereignis in »*The Civilization of Llhuros*: The First Multimedia Exhibition in the Genre of Archeological Fiction« dokumentiert; Verfasser der Dokumentation, die in der Zeitschrift *Leonardo*, Bd. 24, Nr. 3 (Pergamon Press, London 1991), erschien, waren Daly selbst und Beauvais Lyons. (Eine unterhaltsame Variation über das Thema bietet David Macaulays raffiniert gewendetes und köstlich illustriertes *Motel of the Mysteries* [Houghton Mifflin, Boston 1979]: Howard Carson, ein Amateurarchäologe, gräbt im Jahre 4022 die Überreste eines Bauwerks der antiken Kultur Usa aus, das er nun irrtümlich als hehre Kultstätte zu rekonstruieren unternimmt, während es sich doch in Wahrheit nur um ein schäbiges Motel handelt.)

Das Hokes-Archiv an der Universität von Tennessee in Knoxville (Direktor: Beauvais Lyons, stellvertretende Direktorin: Vera Octavia) war Gegenstand zahlreicher Abhandlungen und Artikel; siehe zum Beispiel Bd. XII, Nr. 3 der Monographiereihe des Cheekwood Fine Arts Center (Nashville, Tennessee, Frühjahr 1990), den Beitrag von Lyons: »The Excavation of the Apasht: Artifacts from an Imaginary Past« in der Zeitschrift *Leonardo* (Bd. 18, Nr. 2, 1985) sowie ein Kapitel in Linda Hutcheons kürzlich erschienenem Buch *Irony's Edge: The Theory and Practice of Irony* (Routledge, London und New York 1994).

Die 1941 erstmals veröffentlichte Geschichte »Tlön, Uqbar, Orbis Tertius« von Jorge Luis Borges findet sich im Band *Fiktionen* (*Ges. Werke*, Bd. 3/I, München und Wien 1981).

The Origins of Museums: The Cabinet of Curiosities in Sixteenth- and Seventeenth-Century Europe (im folgenden kurz *Origins* genannt) wurde von Oliver Impey und Arthur MacGregor herausgegeben und erschien 1985 in der Sektion Clarendon Press der Oxford University Press; das Buch umfaßt mehr als dreißig detaillierte Untersuchungen von Fachleuten auf diesem Gebiet, die sämtliche Aspekte berühren; hinzu kommen über hundert Illustrationen. Eine Art Begleitband mit dem Titel *Tradescant's Rarities: Essays on the Foundation of the Ashmolean Museum, 1683, with a Catalogue of the Surviving Early Collections* (im folgenden kurz *Tradescant's* genannt) wurde von MacGregor herausgegeben und erschien tatsächlich bereits 1983, zwei Jahre vor *Origins*, aus Anlaß des dreihundertjährigen Jubiläums des Museums; er enthält fast zweihundert Abbildungen. Das Bacon-Zitat habe ich S. 1 von *Origins* entnommen. Die Informationen über Cope stammen aus S. 17 ff. von *Tradescant's*.

(Ebenfalls von Interesse in diesem Zusammenhang ist der dicke, aber hervorragend gestaltete Katalog zur Ausstellung *Age of the Marvelous*, die 1991 vom Hood Museum of Art, Dartmouth College, New Hampshire, gezeigt wurde [Vertrieb des Katalogs durch University of Chicago Press]; der einführende Essay des Herausgebers Joy Kenseth enthält Abschnitte über Neuartigkeit und Seltenheit, Fremdes und Exotisches, Merkwürdiges und Absonderliches, außergewöhnlich Großes und außergewöhnlich Kleines, Transzendentes und Sublimes, Überraschendes und Unerwartetes ... und schließlich über das Ende der Wunderära [das Kenseth auf ungefähr 1700 datiert]. Anschauen sollte man sich auch den Katalog zur Ausstellung *Museum Europa: Eine Ausstellung über das europäische Museum von der Renaissance bis in unsere Zeit*, die 1993 vom Dänischen Nationalmuseum veranstaltet wurde; der Katalog umfaßt Kapitel über den neugierigen Blick, den reflektierenden Blick, den Panoramablick und den surrealistischen Blick. Der Fotoband von Richard Ross, unter dem Titel *Museology* 1989 von Aperture herausgebracht und mit einem Essay von David Mellor versehen, ist ähnlich faszinierend.)

Stephen Greenblatts *Marvelous Possessions: The Wonder of the New World* erschien 1991 bei University of Chicago Press (dt. Übers.: *Wunderbare Besitztümer: die Erfindung des Fremden: Reisende und Entdecker*, Berlin 1994). Die Ausführungen zum Wundererleben als zentraler europäischer Reaktion auf die Entdeckung der Neuen Welt und die These vom Verblüffungseffekt habe ich den Seiten 14–16 entnommen. Die Bemerkungen zu Léry, Albertus Magnus und de Certeau entstammen den Seiten 16–19. (Jean Lérys *Histoire d'un voyage fait en la terre du Brésil, autrement dite Amérique* erschien in deutscher Übersetzung unter dem Titel *Brasilianisches Tagebuch 1557* im Horst Erdmann Verlag, Tübingen/Basel 1967.) Die Überlegungen zur neuen Glaubwürdigkeit des bis dahin Unvorstellbaren, wie sie Léry, Díaz und Raleigh bezeugen, stammen ebenfalls aus Greenblatts Buch (S. 21 f., 163).

Der Essay von Adalgisa Lugli, »Inquiry as Collection«, der in der Herbstausgabe 1986 in *Res* erschien, dreht sich, wie der Untertitel »The Athanasius Kircher Museum in Rome« klarmacht, um die Sammlung von Athanasius Kircher. Luglis Hinweis auf das »Problem des Zusammenhangs« stammt von S. 116. MacGregor über Rudolf II. ist *Tradescant's* entnommen (S. 74).

Die Fotografin und moderne »Kammerfrau« Rosamond Purcell betreute Ende 1994 in den provisorischen Räumen des Getty Center in Santa Monica, Kalifornien, eine wunderbare Ausstellung mit dem Titel

Special Cases: Natural Anomalies and Historical Monsters. Die Beschreibung des Leidener Kabinetts, das nach der Art des Defekts angeordnet war, entstammt dieser Ausstellung (was übrigens auch für das Zitat aus Edward Browns 1673 erschienenem *Brief Account of Some Travels in Divers Parts of Europe* gilt, das sich in der Anmerkung auf S. 137 f. des vorliegenden Buches findet). Die Erläuterungen zum Pelikan in Imperatos Sammlung findet man in Giuseppe Olmis Beitrag in *Origins* (S. 10) wie auch in MacGregors Beitrag im selben Band (S. 148), wobei Purcell selbst allerdings heftig protestiert und steif und fest behauptet, bei dem Vogel handle es sich in Wahrheit um einen Löffelreiher und nicht um einen Pelikan (allen neunmalklugen Interpretationen der anderen zum Trotz).

Die moralisierenden Gerippe im Theatrum Anatomicum in Leiden findet man in MacGregors Essay über »Collectors and Collections of Rarities in the Sixteenth and Seventeenth Centuries« in *Tradescant's* (S. 78) beschrieben. Die Schilderung der *Vanitas-mundi*-Arrangements des Frederik Ruysch, die aus Antonie Luyendijk-Elshouts Artikel »Death Enlightened« stammt, der im *Journal of the American Medical Association*, Ausgabe vom 6. April 1970, erschien, wird im Beitrag von Th. H. Lunsingh Scheurleer in *Origins* (S. 119) zitiert. Ebenfalls stark auf Luyendijk-Elshout stützen sich Rosamond Purcell und Stephen Jay Gould in ihrem faszinierenden Bericht »Dutch Treat: Peter the Great and Frederik Ruysch«, der sich in dem atemberaubend illustrierten Buch *Finders, Keepers: Treasures and Oddities of Natural History* findet (bereichert wird der Beitrag außerdem durch bahnbrechende Forschungen, die Rosamond Purcell in eigener Person betrieben hat); ich wiederum habe mich bei meinen Ausführungen über Ruysch stark auf die beiden gestützt (darüber hinaus auch auf Robert Massie, *Peter the Great: His Life and World* [Knopf, New York 1980; dt.: *Peter der Große: sein Leben und seine Zeit*; Fischer, Frankfurt a. M. 1992], und auf Simon Schama, *The Embarrassment of Riches* [Knopf, New York 1987], außerdem auch auf Germaine Greer, *The Obstacle Race* [Farrar Straus, New York 1979]).

Über Descartes' Ablehnung der Wunderkammer-Mentalität erfährt man bei Greenblatt Näheres (S. 19 f.); ausführlich behandelt (zusammen mit ähnlich ablehnenden Haltungen anderer Zeitgenossen) findet man sie in dem Beitrag von William Schupbach in *Origins* (S. 177 f.). Luglis Erörterung der Einstellung von Della Porta und anderen hinsichtlich des Wundererlebens stammt von S. 123 des Artikels in *Res*; James Gleicks Skizzierung der Feynmanschen Ansicht über die Funktion des Zweifels ist der Einleitung entnommen, die er für die 1994 in der Modern Library erschienene Neuauflage des Feynmanschen Standardwerks von 1965, *The Character of Physical Law* (dt.: *Vom Wesen physikalischer Gesetze*, München/Zürich 1990), geschrieben hat (S. IX–X).

Die Geschichte der Tradescants und des Elias Ashmole stammt aus *Tradescant's*. Der Rechtsstreit wegen des Vermächtnisses zum Beispiel wird auf S. 41 ff. behandelt (Hesters Tod durch Ertrinken auf S. 43); der Besuch des Hexenprozesses findet sich auf S. 14, die Reisen des älteren Tradescant nach Moskau und des jüngeren nach Virginien auf S. 18 beziehungsweise 13; den Brief des älteren Tradescant an den Marineminister findet man auf S. 19 f., den Brief von Stirn, der die Sammlung und die »zierlich« geschnitzte Kreuzigung beschreibt, auf S. 20 f., die Erörterung der Belagerung von Pavia nebst Karte auf S. 318–326 und die Katalogeintragungen über die Fruchtkern-Schnitzereien auf S. 245 f.. (Weitere Einzelheiten habe ich S. 149–152 von *Origins* entnommen.)

Über den Ursprung des Namens »Kalifornien« in den Passagen des 1510 erschienenen Romans *Esplandián* von Rodríguez de Montalvo, in denen von Amazonenkriegerinnen die Rede ist, hat mich das Buch von Walter Bean, *California: An Interpretive History* (MacGraw-Hill, New York 1968, S. 16 f.), informiert; das gleiche gilt auch für die Einzelheiten über Cabrillos und Drakes Fahrten entlang der kalifornischen Küste (S. 17–20). Mehr über Cabrillo erfährt man aus dem Buch von Maud Hart Lovelace, *What Cabrillo Found* (Crowell, New York 1958). Die Information über Drake in der Tradescant-Sammlung stammt aus *Tradescant's* (S. 93 und 314).

Eine Monographie mit dem Titel *Tell the Bees ...: Belief, Knowledge and Hypersymbolic Cognition* wird in Kürze von der Gesellschaft im Verein mit den Besuchern herausgebracht und dürfte dann über das Museum für Jurassische Technik zu beziehen sein.

Das Mütter-Museum existiert und ist eine ganz wunderbare Einrichtung. Man findet es am College of Physicians in Philadelphia (19, South Twenty-second Street, Philadelphia, PA 19103). Die Wanderausstellung des Mütter-Museums, die das Museum für Jurassische Technik im Jahre 1994 in seinen Räumen beherbergte, wurde von Laura Lindgren betreut, die auch den immer wieder faszinierenden Jahreskalender des Mütter-Museums zusammenstellt. Einen der besten Abrisse der Geschichte des Museums bietet der »Pathological Treasures of the Mütter Museum« betitelte Beitrag der Leiterin, Gretchen Worden, zum Jahrbuch für Medizin und Gesundheit 1994 der *Encyclopaedia Britannica* (S. 76–79).

Übrigens: Dem »1579 Lupton«-Zitat über die »Gebalgte-Maus«-Kur konnte ich natürlich nicht widerstehen (wen wundert's?) – ich *mußte* der Sache einfach nachgehen, und natürlich ist das Zitat echt. Genaueres findet man in *A Dictionary of Superstition*, herausgegeben von Iona Opie und Moira Tatem, Oxford University Press, 1989 (S. 267), wo als vollständiger Titel von Luptons Buch *A Thousand Notable Things of Sundry Sorts* (1579, mit einer erweiterten Neuausgabe, vermutlich nicht von Lupton selbst, im Jahre 1660) angegeben ist. Opie und Tatem berichten auch von dem Zeugnis eines »siebzig Jahre alten Mannes« aus dem Jahre 1984, der zu erzählen wußte: »In meiner Jugend in Lincolnshire gaben Eltern ihren Kindern, wenn diese Bettnässer waren, Röstmaus einschließlich Fell und allem auf Toast zu essen; das machte dem Bettnässen ein Ende« (S. 268).

Ich entschied mich, die Geschichte mit dem Urin und den Großmüttern auf sich beruhen zu lassen.

Bildnachweis

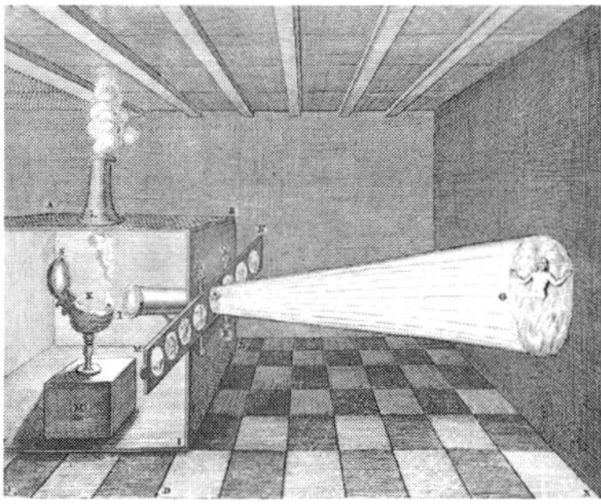

Laterna magica im Museum von Athanasius Kircher, Rom (1678)

Autor und Verlag möchten als erstes der Gesellschaft für die Verbreitung nützlicher Informationen in Los Angeles, Kalifornien, ihren besonderen Dank aussprechen, mit deren großzügiger Hilfe die Mehrzahl der Abbildungen in diesem Buch (nämlich alle, die nicht eigens nachgewiesen werden) erscheint. Darüber hinaus möchten sich Autor und Verlag für die folgenden Abbildungen bedanken:

Vorderes Vorsatzblatt: Ole-Worms-Museum, Frontispiz zu *Museum Wormianum*, 1655; Abdruck mit freundlicher Genehmigung des Getty Research Center, Resources Collection, Santa Monica, Kalifornien. Frontispiz: Charles Willson Peale, *Der Künstler in seinem Museum*, 1822; Abdruck mit freundlicher Genehmigung der Pennsylvania Academy of the Arts, Philadelphia; Geschenk von Mrs. Sarah Harrison (Joseph Harrison, Jr., Collection).

S. 18 f., 26 Zeichnungen von Richard Hoyen; ihnen liegen Fotos von Robin Palmer zugrunde
S. 60 Standfotos aus *Stasis*; Abdruck mit freundlicher Genehmigung von David Wilson
S. 70 Zeichnung des Sandaldjianschen Papstes von Jesse Cantley
S. 72 Abdruck mit freundlicher Genehmigung von Lucas Nova Sensor, Fremont, Kalifornien

S. 83 Foto von Tom und Maria Eisner; Abdruck mit freundlicher Genehmigung der beiden
S. 87 Foto von Heather Stone; Abdruck mit freundlicher Genehmigung des *Knoxville News-Sentinel*
S. 95 Kupferstich von Theodor de Bry aus seinem Buch *Amerika*, Bd. II, Tafel 35 (Frankfurt 1590); Abdruck mit freundlicher Genehmigung der Abteilung für seltene Bücher und Manuskripte der New York Public Library, Astor, Lenox and Tilden Foundations
S. 99 Museum des Francesco Calceolari, Frontispiz in B. Ceruti und A. Chiocco, *Musaeum Francisci Calceolari Veronensis* (Verona 1622); Abdruck mit freundlicher Genehmigung des Getty Center
S. 103 Kupferstich des Theatrum Anatomicum in Leiden, nach Jan Cornelisz van't Woudt (1610); Abdruck mit freundlicher Genehmigung des Rijksmuseums, Amsterdam
S. 104 C. Huyberts, Kupferstich von Ruyschs *Vanitas mundi*, aus Ruyschs *Opera omnia*; Abdruck mit freundlicher Genehmigung des Getty Center
S. 110f. Gemälde von John Tradescant dem Älteren (Cornelis de Neve zugeschrieben), John Tradescant dem Jüngeren und seiner Frau Hester (Emanuel de Critz, 1656, zugeschrieben) sowie Elias Ashmole (von John Riley, 1689); außerdem Fotos von Obstkernschnitzereien; Abdruck mit freundlicher Genehmigung des Ashmolean Museum, Oxford University, England
S. 68, 124f. Fotos von Susan Einstein; Abdruck mit freundlicher Genehmigung der Gesellschaft für die Verbreitung nützlicher Informationen
S. 126f., 129 Fotos von Rick Echelmeyer; Abdruck mit freundlicher Genehmigung des Mütter-Museums an der Medizinischen Hochschule in Philadelphia
S. 131 Aufnahme David Wilsons (der Direktor vor seinem Museum); Fotograf unbekannt; Abdruck mit freundlicher Genehmigung der Gesellschaft für die Verbreitung nützlicher Informationen
S. 136 Aufnahme von Jorge Luis Borges; Fotograf Charles Phillips; Abdruck mit freundlicher Genehmigung von Time Incorporated
S. 140 Bertolozzi nach Benjamin West, Kupferstich von Kolumbus in Kuba; Bettmann Archive
S. 143 *Die Anatomiestunde des Dr. Frederik Ruysch* von Jan van Neck (1683); Abdruck mit freundlicher Genehmigung des Historischen Museums Amsterdam
S. 149 Loudan, Kupferstich von Isaac Newton, Bettmann Archive
S. 151 Kupferstich von Ole Worm aus *Museum Wormianum (1655)*; Abdruck mit freundlicher Genehmigung des Getty Center

S. 160 Kupferstich von Mary Davis aus Saughall, entnommen aus Ormerunds *History of the County Palatine and the City of Chester* (1676); Abdruck mit freundlicher Genehmigung des Ashmolean Museum, Oxford
S. 167 Foto eines Satyrs mit Kaktushörnern; Abdruck mit freundlicher Genehmigung von Tessa Rapaczynski
S. 176 Kupferstich der *laterna magica* in Athanasius Kirchers Museum in Rom, aus *Museum Italieum*, Bd. 71; Abdruck mit freundlicher Genehmigung der Druckesammlung der Miriam and Ira D. Wallach Division of Arts der New York Public Library, Astor, Lenox and Tilden Foundations

Hinteres Vorsatzblatt: das Museum des Ferrante Imperato in Neapel, Italien; aus Imperato, *Dell'Historia Naturale di Ferrante Imperato Napoletano* (1599); Abdruck mit freundlicher Genehmigung des Ashmolean Museum, Oxford

Inhalt